Jogo de Ronda

Cantos e Contos do Brasil 1

Conselho Editorial

João Alexandre Barbosa. Gil Perini. David Oscar Vaz.
Aguinaldo J. Gonçalves. Ivan Teixeira. Manuel da Costa Pinto.

CONTOS

Jogo de Ronda

Orlando Arruda

Ateliê Editorial

Copyright © 2000 by herdeiros

ISBN 85-7480-026-0

Editor
Plinio Martins Filho

Produtor Editorial
Ricardo Assis

Direitos reservados a
Ateliê Editorial
Rua Manoel Pereira Leite, 15
06700-000 – Granja Viana – Cotia – São Paulo – Brasil
Telefax: (11) 7922-9666/4612-9666
www.atelie.com.br
e-mail: atelie_editorial@uol.com.br
Impresso no Brasil/Printed in Brazil
Foi feito depósito legal

Reconhecimento:
À professora Edla Pacheco Saad,
minha primeira incentivadora.

À doutora Lívia Monteiro,
que me ajudou a tornar este sonho possível.

Aos professores: Luís Araujo Pereira,
Wolney Alfredo Arruda Unes,
pelas sugestões, revisão e incentivo.

Ao doutor Gil Eduardo Perini,
meu médico e incansável incentivador.

A todos os que creram.

Ao Cerrado e à Campina,

Às minhas Rainhas e meus Reis,

*Às minhas cocás semi-escondidas
espalhadas pelo mundo,*

Aos Lares e Penates.

Sumário

A Trajetória de um Processo de Criação Ficcional 13
  Miguel Jorge

O Estilingue 17
Fogo de Sabugo 23
Predestinado 27
Curiango 37
A Injeção 41
Despertar 51
Isabel 57
Assombração 61
Fazendeiro 65
"Aparelho" 69

Pescada	93
Abóbora d'Água	97
Nem, uma Paixão	109
Cabo de Enxada	115
Sina	119
Enfermeira Estela	131
Papai	139
Boemia	143
Sogrinha	147
Castidade	153
Noivado	163
A Potranca	171
Cheiro de Velório	177
Cabeleireira	181
O Redivivo	187
Sobre o Autor	203

A Trajetória de um Processo de Criação Ficcional

Publicando agora seu primeiro livro de contos, Orlando Arruda é nome conhecido nos meios literários e, de há muito, vem atraindo o interesse das pessoas mais próximas para sua literatura, um chamamento a mais na vida do médico-escritor.

Assume ele, a partir de *Jogo de Ronda*, o compromisso de prosseguir nessa trajetória, infinitamente forte, de conviver com os desafios que afloram à alma de seus inúmeros personagens, numa interação entre o rural, semi-rural, urbano, além da sinfonia de vida, na atmosfera desses meios, às vezes tristes, melancólicos, por vezes cômicos, mas, sobretudo, de intensa riqueza humana, num mundo que vai se construindo a partir da singeleza e da ousadia de suas figuras, sábia e expediente lucidez natural do homem simples, ou a ausência dele, o que não impede de a vida ser mais vida, numa captação de atmosfera vivenciada pelo autor.

Mas outras angulações como o amor, as crenças religiosas, a existência do demônio, das assombrações e a complexidade da relação médico e paciente, movem as peças deste livro, universalizando mais a visão privilegiada do médico-escritor, levando-o a vôos mais altos, passagens e andanças de quem não se equivoca na sua paixão pela Medicina e pelas Letras.

O contista trata seus textos com linguagem coloquial e, por vezes, regional, caracteres de autenticidade quando retrata ambientes e figuras da região, emprestando-lhes a cor local. Orlando Arruda realiza, assim, com felicidade, seus inúmeros contos, envolvendo-se numa façanha a seu tanto difícil ainda que se realize num firme e duradouro pacto com as formas da vida, por onde os homens transitam, espaço que se abre inteiro para o mundo ficcional, considerando-se, é claro, a vivência com o real.

Envolvente com o estilo que adota, Orlando Arruda confirma-nos ser um narrador fluente, capaz de apreender a dor, as imposições das convenções tradicionais, as nuances abrangentes da existência em sua complexidade, e certeza de estarmos todos vivos. Seus contos, vencida, enfim, a timidez do seu autor ao publicá-los, frutos de maturação literária, psicológica e social, adquirem valor autônomo e reafirmam a importância de *Jogo de Ronda*, para a boa literatura feita em Goiás.

E mais coisas saberão aqueles que atravessarem o todo do livro e, de maneira mais próxima, se arrolarem com os aspectos particulares de criação do autor, em muitos deles, com o aproveitamento da linguagem oral, elementos psicanalíticos, o jogo do duplo, como é o caso de "O Estilingue", "Abóbora d'Água", "Curiango", "Castidade", "O Redivivo" e "Fogo de Sabugo", somente para ficar com alguns e não furtar ao leitor o prazer de novas descobertas.

MIGUEL JORGE
Goiânia, julho de 1999

O Estilingue

> *Um desejo, não de ser ave,*
> *mas de poder*
> *ter não sei quê do vôo suave*
> *dentro em meu ser.*
>
> FERNANDO PESSOA

O rego escorria o cristal da água espelhando a candidez do atalaia. Do lado de cima, a margem escarpada ornada, a modos de cílios, por pejada grama, formava o retrato de um olho comprido namorando os olhos azuis do céu translúcido daquela manhã encharcada de sol. Os bem-te-vis inundavam tudo com seu canto morno. Um casal de joões-de-barro mourejava num vaivém trabalhoso. A bolinha pequena, de barro vermelho cuidadoso, pendia do bico afilado, cedida pela margem livre daquele fluxo de lágrimas divinas. Empreitada a meio, uma como que orelha avermelhada tecida de terra, brotava de uma galha forte, rente a uma forquilha, meio escondida entre franças virentes.

Num dos mergulhos do macho, o extasiado atalaia estremeceu. Clio viveu toda aquela emoção, um frio no ventre na descida lesta. Na boca, o gosto da terra molhada. Na subida, o peso da carga. Nos olhos, a medida, o perfil da parede, conhecia seu caminho retorcido, ela construía e sabia qual o macho, nem ela sabia por que sabia.

Ele cansou-se, teve fome, mais um mergulho. No meio do capim seco, um grilo descurado atacou, ela sentiu o áspero das suas patas escorregando pela goela famélica. Habitou o pássaro, planou sobre as arvores, rodopiou entre elas, abrigou-se entre os pares, cantou, emocionou-se ante a companheira, sentiu o frio da noite e das noites, a calidez das tardes. Era agora pássaro. Vida dupla: nas aulas, como se voasse sobre as árvores em ziguezagues ligeiros, fantásticos, batendo e guardando as asas, bólido vivo da cor de terra.

Carreava barro, conferia a construção enquanto o professor desenhava no quadro equações do segundo grau. Olhava e não via, aprendia, não sabia como, em sua cabeça de passarinho, cerrava os olhos, tudo na sua memória de ave. Escrevia entre as galhas, na casinha redonda, no meio do mato, nas folhas do caderno como folhas verdes, lanceoladas, cordiformes, dois cérebros casados, jungidos por algo estranho. Comia insetos do chão, do ar, misturados ao gosto dos sorvetes, dos bifes, do arroz com feijão. "E ele? Sente este vácuo no peito de quando vejo o Gus? Coitado, daria com cabeça nalguma galhada, engraçado que meu coração dispara quando ele vê sua joana, estarei louca de uma loucura deliciosa?", pensava.

Clio, nas aulas de educação física, como se batesse asas. Se corresse, voluteava em ziguezagues sinuosos, batendo as asas imaginárias.

O Diretor do Ginásio convocou a mãe; sempre os diretores convocam as mães.

— Dona Francisca, a Clio continua a aluna formidável de sempre, as melhores notas, o melhor comportamento, mas os professores mostram-se preocupados, parece estranha, com momentos de ausência intercalados a estereotipias a modos de pássaro. Como se comporta em casa?

— A mesma coisa, muito estranha. Na chácara, o tempo todo encantada com pássaros, a bem dizer com um joão-de-barro, que está acabando uma casinha numa paineira do quintal, nem come, nem bebe, quando lá. Dentro de casa ou na rua, quando anda, arremeda vôo de passarinho, o senhor tem inteira razão, lhe fico muito grata.

— É simplesmente nosso dever, não sei, tivemos um aluno da idade dela que acabou ficando abilolado, começou com mania de discos voadores, dizia receber ordens dos seus tripulantes, umas coisas esquisitas. Não soube no que deu, não apareceu mais. Seria de bom alvitre a senhora procurar um psiquiatra.

— Tem um amigo do meu marido que é — e muito bom — neurologista, talvez nos dê uma idéia.

— A senhora nos comunique, por favor, qualquer coisa que possamos fazer, disponha.

— Tudo bem, muito grata ao senhor.

Do neurologista ao psiquiatra, diagnóstico: surto psicótico.

Duas caixinhas de comprimidos.

Clio recusava-se.

— Não estou doida!? Isso tudo só porque gosto do meu joão-de-barro?! A senhora acha, mãe, que estou maluca?!

— Minha filha, não é bem isto, acho que você anda muito cansada, estuda muito, não sai de casa, nem um namoradinho!? Ou tem e eu não sei?

— Vários, mãe, vários, em cima da cama, da mesa, por todos os lados e o de cima da paineira!

— Esqueça esse bicho, minha filha, senão vou acabar mandando o filho do seu Antônio dar um jeito nele, aliás não sei como ainda não deu, de estilingue pra baixo e pra cima, não faz nada!?

— Não se atreva, mãe, não se atreva, se ele morrer sei que morro junto.

— Minha filha, que coisa mais esquisita!?

— Nada, mãe, nada não.

Saiu nas duras passadas de quando irritada. O pai, atarefado no seu escritório, achava tudo normal, "coisas da idade, coisas da idade", repetia, se instado.

Domingo vésper, Clio e seu jeito de pássaro, linda, rodopiando pela cozinha, gracejando com a mãe, após o banho, cantarolando cheirosa, toalha enrolada ao corpo. Súbito, um suave baque surdo, mão ao peito, um gemido curto, estatelando-se inerte no chão indiferente. Enquanto isso, Aquilino, o filho do seu Antônio guardava no bolso da bunda, enrolado, o estilingue de borracha vermelha.

Fogo de Sabugo

Ali me anonimei de árvore.

MANOEL DE BARROS

— Mãe, tem almoço aí hoje?
— Tem, meu filho, você vem?
— Vou, mãe.
— Estou esperando.
— Até já.
— Tchau.

* * *

Manhã fria. A chuva, em gotas geladas. Sentimento vago de saudade, de um não sei quê, talvez da estrada barrenta, agora com sua coberta preta e lisa. Às margens minava água em tempo chuvoso, como este. Água limpa como cristal, em pequenas poças, em pequenas cascatas. Girinos escassos às vezes nadavam. Menino, imaginava, peixinhos? Como? Seriam os engolidos com as águas dos córregos pelos arcos-da-velha? A inocência confere à imaginação inimagináveis asas.

O carro parece nadar.

Fim do asfalto.

O Gol desliza em corcovos como um trote macio de algum cavalo manso.

Dá de um lado, dá de outro. Meio que de frente, meio que de lado, escorregando, vai. É bom, traz-me à mente o veloz "fordeco", sapateador sobre a terra encharcada qual corcel furente, chegando, às vezes, ao máximo de quarenta quilômetros por hora!? Carregava célere a juventude de meu pai e minha meninice crédula, cheia de medo de assombrações e de medo de virar mulher se passasse debaixo do arco-da-velha.

À chegada, manada de macacos, apressada, cortando a descida, cada um mordendo sua espiga de milho seca, da roça ainda não colhida.

Na horta de couve molhada, a figura por demais conhecida e hoje venerada. As botas de borracha à meia canela. Vestida a espantalho, arrancava do chão fofo de esterco pés de alface em tufos de folhas coloridas do verdor da chuva.

Na sala, um abraço e um beijo da mãe, fria de tanta água fria do céu. Vestia a simplicidade quente, meio que à folia de Santos Reis. Trocou-se rápida, enquanto gritava:

— Sai da chuva homem! Chega!

— Estou tirando o barro das alfaces!

A tia velha abençoou-me, ciosa. Se eu não lhe pedisse, certamente ressentir-se-ia. Cobre-me de importância. Orgulha-se desse gesto reconhecido. Trocou-me fraldas.

Salvas alegres. Até o fogo vermelho dos sabugos, de alegria, crepitava. Se lágrimas havia, eram de fumaça. A mesma fumaça que coloriu os telhados do meu tempo, de pura picumã, defumando as argolas de lingüiça, os queijos, cachos de banana e os lanhos de toucinho em mantas profícuas. Também os olhos de meus pais parecem recheados por alva fumaça, num estranho redemoinho. Não reclamam. Não se esqueceram, no entanto, de chorar seus dias. Minha mãe, a passos miúdos, carrega sua ágil magreza com as panelas e pratos, levemente trêmulos, às mãos. A comida fumega como nos tempos de antanho, o mesmo fumegar cheiroso de macarrão com frango, nas visitas do doutor ou do padre.

Aqueço-me à boca da fornalha, talvez mais para aquecer as lembranças, pois o tempo empurra-nos sempre para as terras do ontem quando se nos encurtam os dias. A lucidez dos noventa e dos noventa e dois, escondida pelas marcas da idade, toca-me. Vejo-me na mesma barca, na mesma hora, neste contraponto do tempo regido por um coração cambeta, que às vezes insiste num bate e rebate catastrófico em noites mal-dormidas.

Predestinado

> *Pereça o dia em que fui nascido*
> *e a noite em que se disse:*
> *Foi concebido um homem!*
>
> Jó – 3:3

A casa, quadrada, sem qualquer preocupação estética, o frontispício a dois pisos. O crioulo alto, tal granítico monumento, guardava a entrada envidraçada e engradada a ferro. Solene na conformatura, respeito e medo transpirava.

Ala de consultórios, em branco, encardida até os meados das paredes, que ostentavam, aqui e ali, marcas assustadas de dedos compridos. Das portas de madeira, desconjuntadas, vazavam vozes soturnas.

Ala de mulheres, à esquerda, seguimos para a direita. O ar pesava quente. Novo porteiro, magriço, pra lá da meia idade, solícito, cedeu-nos passagem num reverente cumprimento, pleno de fidalguia. Estranhei as duas gravatas, uma sobre a outra, cada e seu aristocrático nó, e a barba a meio pau. O da casa seguia adiante, eu e meu espanto, atrás.

Vazamos um corredor amarelo de sujeira fedorenta onde chegavam grotescas portas de madeira pintada, mediadas por um gradil de ferro em barras redondas. Umas, escancaradas, mostrando colchões esparramados; outras entravadas a cadeados pendentes de correntes reforçadas. Muitas vezes, caras engradadas, de narizes sebentos insinuados, encimando sorrisos bobos e desdentados; outras, taciturnas e agressivas. Ante a penúltima, escornava sobre o que fora um colchão, um gigante de ébano. A um canto encolhido, nu, dobrado sobre si mesmo, um frágil ser humano aí dos seus dezesseis ou dezessete, não me recordo se tinha cor, parecia dormir seus sonhos de horror.

— Esse caboclo aí é barra!

— Como?

— Quase todas as noites esse negão pega esse garoto e o estupra a noite inteira.

— Mas não tem jeito?

— Jeito como, todo mundo amontoado, falta espaço!?

— Vou te amansar agorinha mesmo com uma boa nos cornos seu safado — Falou o doutor Filon ao gigante que, incontinente, respondeu exibindo duas fileiras de alvas pérolas, indicando seu poleiro com tapinhas desdenhosos:

— Tem nada não, doutor, não fique nervoso à toa, dê uma deitadinha aqui, logo o senhor vai estar calminho da silva, eu lhe conheço.

— Negro safado!!

Continuamos, ele, eu e meu crescente espanto. Adentramos uma espécie de terreiro, coberto, um salão aberto. Vários colchões estendidos, intervalados, lado a lado.

— Quem vai primeiro? — berrou um mulato magrelo, sorridente, ostentando frouxo e desabotoado jaleco, mostrando o primeiro colchão.

Um, de calção azul, enquanto fletia e estendia lateralmente os braços soprando como máquina a vapor, adiantou-se, deitou-se estirado, braços ladeando sua tensão.

Doutor Filon abaixou-se, adornando a cabeça do infeliz com dois tubos de lata a maneira de guampos. Da careta que fazia, retesou-se, pretejou por um tempo desabando em arrancos medonhos, enquanto, sonolento relaxava, um visgo translúcido fluía em rajas vermelhas da roxidão de sua boca moribunda.

Num algaraviado bizarro, o "enfermeiro" assumiu, prosseguindo-se o macabro espetáculo. Uns em holocausto, ofereciam-se; outros, pegos a "laço".

Nós e a visita estupefata. Transitando pela imundícia de um porão em que mal entrava a luz do dia, algumas formas humanóides devoravam pratadas de arroz com feijão e abóbora, do que se via, quais cães famélicos, emporcalhando bochechas e narizes com a massa ingerente. Bambearam-se-me as pernas, zumbidos e arrepios indissolutos pervagaram minha incredulidade engolida a seco. Lá do fundo, duas tochas ígneas, de tom azulíneo, como perdidas estrelas, pareciam vigiar-me. Adiantou-se como a se mostrar, andar trôpego, nu, o tronco dobrando-se entre as coxas no arremedo da postura de um lobo cambeta. Sustentava o prato ainda meado ante a boca entreaberta, ruminante, mostrando a figura porcina e barbuda daquele chiqueiro esdrúxulo, arreganhando as enegrecidas sobras de dentes como se quisesse sorrir ou esganar-me. Um choque varreu-me, "nossa, é o Zuis!?"

Meu espanto indagou:

— Por que ele anda assim?

— É que acabaram fraturando-se os seus dois fêmures nas sessões de eletrochoque e não tivemos como operá-lo, aqui tem muitos assim, alguns morrem de complicações.

Meses depois, quis vê-lo. No seu porão, moravam, junto aos símiles, o medo e sua eterna ausência.

Aquelas ardentes centelhas jamais se me apagarão.

* * *

Jesus, um nome bonito, inda mais pra quem nasce num casebre sumido entre os morros da Fazenda Muquém. As mãos da parteira tremeram: "Credo em cruz, coisa esquisita, parece que a vida deste menino vai ser só *trejédia*".

Joana Rosa madrugava sempre nas cafuas ou casas caiadas daquelas bandas com a sua idade tremebunda, seu papo de corda pendurado e o pito de palha transitando entre a boca desdentada e a orelha grande. Das duas, pendiam brincos de ouro, a modos de grão de arroz "matão" em casca.

Cresceu como todo mundo crescia, nas beiras de rego, beiras de córrego, beiras da vida, escorregando nas malárias, caganeiras e *colerinas;* na *tiriça*, caxumba, varicela etc., desta ficaram-lhe, nas faces, claras e diminutas crateras lembrando a face branca da lua. Ladino, seus olhos muito azuis faiscavam, encantava quem os fitasse. Tinha as noites rebeldes, de sono difícil e de vômitos fáceis. Mania de não dormir enquanto não "visse".

— Ver o quê, menino?

— Ver, mãe, ver!

Somente depois de bem mais gente, contou que antes de dormir tinha de olhar alguma escuridão de onde brotava a cara de lobo doirado. Quando gente, a coisa esvaneceu.

Laçava bezerro e poeira nos currais, sempre, antes de atirar a laçada, batia três vezes com a canhota na testa, o que foi se dilatando a quase tudo que fazia. Laçava, também, meninas com seus laços azuis e a face marota, alegre, corria com elas, brincava de pique, de pernas de pau, de esconde-esconde bem escondido que ninguém achava. Ria, corria, ele e os três tapinhas.

Crescia e crescia, tomou da vara, se fez candeeiro e, daí, se fez carreiro. Sua vara de ferrão ferroava os bois e o destino ferroava-o, andava rumo ao incerto ou ao seu lobo doirado? Mas andava, às vezes corria, corria de vaca pegadeira, a pé ou a cavalo, teve um cavalo amarelo, gostava de tudo amarelo.

Comia gravatá e jaracatiá até o sangue minar da boca. Os companheiros implicavam:

— Por que você pula de costas no poção do corguinho?

— Entro pelo caminho da saída, ora!

A mãe brigava:

— Por que essa mania de entrar na bacia só de costas?

— Ora, mãe, pra sair de frente...

— Coisa mais esquisita essas suas manias, todo mundo olha no espelho pra pentear os cabelos, você, não, fica de costas!?

— Ora, mãe, a gente fica mesmo é atrás do espelho e pra eu sair de lá não tem de ser de frente? e ainda mais, não gosto de ficar olhando meus olhos de lobo, alumiam como os do diabo.

— Meu Deus!?

* * *

Namorava Belinha com toda sua falta de jeito, menina bonita. Aprendeu com seu irmão acima, que namorava a outra irmã. Imitava o Amadeu em tudo, chapéu igual, roupa igual, só se não desse mesmo. Namorar? como fazia o irmão. Espremia os olhos nas órbitas e fixava os da moça, às vezes, sentia-se zonzo, nauseado, mas era de um cheiro-gosto gostoso que lhe enfiava nariz acima e se aninhava dentro da cabeça. Numa "linhada" dessas, ela rodopiou, soltou um grito estranho, caiu no chão, estrebuchou roxa e urinou na roupa.

Confessou-se à mãe:

— Mãe, vou acabar com essa coisa de namoro, a moça acho que é meio doida, Tiana disse que nas noites de lua nova ela tem essa coisa na cama, dormindo.

— Bem o que eu pensei, arranje logo seu casamento, isto é pura falta de homem, uma vez a parteira Sá Rosa me contou que isto se chama furor uterino e que só acaba quando a mulher é enxertada.

— Credo! — horripilou-se.

— Pode ir em frente, filho.

Na festa de Reis do Seu Cinato, tinha padre, tinha missa, doce de leite na palha, doce de mamão, de laranja e de cidra. No dia, o padre abençoou-os como marido e mulher, ele e Belinha, Amadeu e Tiana. Só podia ser assim: casar de dois.

Montaram seus cavalos, cada um no seu arreio, cada uma no seu silhão assim de lado e com a perna direita enganchada pela curva. Companheiros, companheiras, a parentalha saracoteando aos lados e esporeando seus "machos". Cheiro de tiro de foguete e de pinga.

Vadeada a cabeceira da grotinha, o primeiro canhão três tiros. Responderam. O foguetório lambia a tarde-noite, resvalando nas folhas do buritizal num eco fantasmagórico.

Na porteira do curral, o arco de folhas de indaiá, quatro lencinhos de seda retorciam o zéfiro refrescante do prenúncio da chuvada, um rosa pra cada noiva um azul pra cada noivo.

Trovões distantes esparramavam-se na serra, iam longe, pra lá do Rio do Peixe.

Alimárias liberadas. Alguns relinchos das amarradas ou dos "inteiros" atrevidos cheirando o cio das éguas sedutoras.

Na cabeceira da mesa comprida, dois arcos, também de indaiá, adornados a flores de papel de seda colorido. Uma noiva de cada lado, os dois no meio, Zuis imitando gesto a gesto Amadeu, somados aos três tapinhas.

Tachadas de arroz fumegante, de tutu de feijão, de macarrão com frango, almôndegas e guariroba.

Correria de meninos, brigas de cachorros.

Cada casal de padrinhos e toda compenetração possível bambeavam a rolha do Quinado Elefante, régias dádivas. Primeiros cálices aos noivos. Cada menino e alguns próximos, de maior importância, ganhavam sua bicada. A goela doce de Jesus ardeu, um fogo estranho lambeu suas entranhas.

Os "serventes", contritos, suas toalhas alvejadas, pontas de crochê, enlaçadas nos pescoços protegendo a carregação das travessas ou latas de doce.

Gameladas de brevidades, balaiadas de biscoitos de goma e canudinhos de amendoim torrado com açúcar.

Vorazes bocas destroçavam tudo; gente e pratos agachados pelas beiras das cercas, beira de bica e beira de festa. Todo mundo se fartou. O menino do lobo fartou-se de doce e de dança. A noite anterior, mal dormira, a matilha de lobos doirados num contínuo lhe acossara o sono travesso. Levantara-se com a aurora. A estrela d'alva inda brilhava e de lá uma voz lhe disse: "Hoje é o seu dia". Concordou, achou mesmo que era.

Seu sono venceu a festa. Cambaleou para o quarto, nem dormiu, desmaiou com o bafejo do seu lobo.

De repente, não soube de que mundo, um lobo de fogo chacoalhou seu rosto, no susto, reconheceu Tiana:

— Zuis, acorda, seu quarto é o outro, não é este, não!

— É mesmo?! Coitado de mim, sou um maldito dos infernos!! Perdão! Perdão!

Pingos de chuva dançavam espantando muita gente. Ele nem viu que chovia. A escuridão o engoliu desabalado, aos gritos: "Perdão, perdão, perdão Senhor!" Esbaforido sumiu carregando seu desespero. Alguns cães ladraram, os da casa uivaram.

O temporal enregelava as almas. A minha queimava e eu matutava: "inda farei algo pelos assim".

Seguimos seu rastros atolados rumo ao desbarrancado, ninguém via nada, nem a chuva, nem a noite.

A festa, de espanto, desmanchou-se nas enxurradas.

O sol anunciava-se no seu vermelhão, saímos para o desbarrancado. Zuis, caído de costas, lá no fundo. O sol lambia seu sono enxarcado. Sangrava. Ouviu nossos gritos. Pegou de uma pedra ensangüentada ao lado e com as mãos arremetia-a contra o peito.

Pensado a salmoura, atado a sedenhos, levaram-no a um médico.

Jogo de Ronda

Curiango

> *Seu formidável vulto solitário*
> *enche de estar presente o mar e o céu.*
> FERNANDO PESSOA

Sono ruim, danado. Ana contou-lhe depois, gemia a cada momento. Tremores estranhos abalavam-no com freqüência. Palavras ininteligíveis emitidas entre mastigadas e rangidos de dentes. Alguns momentos, julgou-o febril. Por várias vezes, teve ímpetos de acordá-lo, mas recuava, até que ele esgazeou os olhos, gritou com todas suas forças, com os dois braços estirados e as mãos em atitude de afastamento:

— Pára, bicho maldito, conheço estes olhos de fogo! Minha mulher, você não leva não! Nada me separa dela... sai!

Despertou-se suarento, espantado. Abraçou a mulher:
— Ninguém me separa de você!
— O que é isto meu bem?!
— Nada não, sonhei com a coisa de ontem.

* * *

Tarde anterior, Marcelino arreou o cavalo para uma esticada até o vizinho Marcionil a pretexto de acertar um negócio de carreto de milho. Não era de dever, nem favores.

Lá, cachacinha do Adão e uma roda de truco. Esqueceu-se da hora, não sem razão. Não só a sorte no zape e na sete-copas seguraram-no. Foi o diabo, aliás, diabo vestido de saia.

Não entendeu e continua, até hoje, desentendido da danação da filha do Aniceto, cada vez que gritava: truco, ladrão danado! Sorria-lhe e piscava. Piscava aqueles terríveis olhos azuis que nem frechas de fogo.

Homem casado e de respeito, naquela hora conheceu porque homem mata homem por causa de mulher. Um vento maluco empurrava seus olhos pro lado dela. O gosto de pecado sufocava-o. Nem via o jogo, aquela promessa, de frente, ao alcance das mãos, endoidava-o. Tentava fixar a imagem de sua mulher, qual nada, era como se a visse tentando nadar num mar de nuvens e cada vez mais longe. Perdia nos tentos mas ganhava um não sei quê esquisito que lhe fritava a cabeça matuta. Por um momento, fixou-se na mesa.

Jogo de Ronda

O rei de paus olhava-o com severidade, brandindo as espadas curtas.

O conde mostrava-lhe num sorriso cínico, velado, sua fraqueza.

A sota de ouro exibia-lhe um ar enigmático, indagador.

Ana esperava-o, pensou.

Até que enfim, como se liberto de uma imensa teia de aranha, montou no baio, esporeou-lhe as costelas, cascalho voou. Na escuridão, aqueles olhos fumegantes estufavam seu peito em suspiros estranhos. O cigarro aceso, nada além de um olho de vagalume a mais. Sua cabeça rodava de pinga, de vergonha, de medo, medo? Isto, não.

A lua exibia um crescente magrelo.

Horripilava-se, vez por outra.

O cavalo bufava, firmava a orelhas, auscultava a escuridão escura.

Um curiango ou um não sei quê riscava o silêncio da estrada em vôos rasantes, soprando-lhe as orelhas, ia e vinha. Um e outro despencavam-se das alturas no sibilo de um canto que parecia dizer: água só... água só... água só...

O piar das corujas espreitava. "Vai bicho agourento, vai pras profundas!" – praguejava

O cavalo esquipava o silêncio quebradiço. Rédeas soltas. Pressa? Medo? Não, não, era muito macho – e macho, nada teme. Lembrou, até, que falavam da matinha assombrada, muita gente nem passava por ali de noite.

O isqueiro renovou o vagalume caolho.

Parou na porteira, palpou a taramela. O ranger. Nem bem fechou-a, como que um gorila gelado pulou na sua garupa, enganchando-se, sangrando-lhe, no susto, as costelas, com as unhas pontudas!

* * *

Um gole de café amargo despertou-o no colo ensangüentado de Ana.

— O que aconteceu? — perguntou sonolento.

— Nada não.

Lavado, deitou-se de vez, dormiu.

A Injeção

> *Nem a fortaleza das pedras é minha fortaleza,*
> *nem a minha carne é de bronze.*
>
> MÁXIMA LATINA

Foguete canhão três tiros. Madrugada. Dona Gertrude deu um pulinho de susto, mas segurava firme pelos pés Rosilene, roxa de choro, ou não sei de quê. Do seu umbigo, uma corda lustrosa jungia-a ainda ao corpo suarento da mãe.

— É, deu muito trabalho a danadinha — exclama a vitoriosa parteira.

Já fazia só-só, ensaiava passos trôpegos, ébria, sem saber por quê. Febre pertinaz visitou-a numa noite seca. As gotinhas de sempre. Demorava a suar. O destino, aproveitando-se de um relâmpago que clareou o mundo, sacudiu-a por inteiro, como num choque. Revirou os olhos, a boca e depois o rosto para a direita em repuxões estranhos que a invadiram por esse lado, até o corpo inteiro, que nem frango destroncado. Sinapismos apressados nas pernas roliças. Compressas frias onde coubessem. Horas aflitas demoraram com o sol e a calmaria. Por semanas as pernas sapecadas e a fraqueza. Era longe de tudo. A sorte cuidaria.

Morando na "rua", quase moça, estudava no grupo, no meio da meninada. Ficou bonita, até. O pai, adoentado, não dava mais para o amanho da terra pedregosa onde laborara por um bom pedaço de vida.

Prova final de Matemática, não era boa nisso, arranjava-se como podia. Saia cáqui, preguada, blusa branca. Todo o mundo assim. Rosilene estaca-se frente à mesa da professora, como se eletrificada, solta o que tem às mãos. Expressão de pavor, roda um pouco de lado e cai, num baque surdo, de cabeça na cátedra.

Escorrega o resto do corpo num acariciar esquisito da barriga, caretas homéricas mastigadas e engolidas.

Seguindo a mão direita sobre a genitália, o mínimo levantado, atritando-se num inconveniente gesto de masturbar.

— Ninguém olha! Todo mundo pra fora! — berra a professora em brasa.

A meninada, escondendo os risos com as mãos, como pôde, sai tropeçando.

A porta batida com força. Rosilene, afogada em saliva gosmenta, recompõe-se e levanta-se sob reguadas no lombo, com um ar abestalhado e oco.

— Sua safada! Aqui é lugar pras suas sem-vergonhices?! Capeta com cara de santinha!

O nariz catarrento, a boca sujada de sangue e um mar de lágrimas e medo desenhavam a máscara de todos os espantos no desentendido rosto adolescente.

— O que foi?! O que foi?! Ora! Eu... mijei? — murmurou confusa entre os impropérios de dona Vanda. Meio desconcertada, cabisbaixa, como se procurasse algo que não perdera. Até que se deu conta.

— Meu Deus! O que aconteceu, professora, fala! O que estou fazendo aqui?!

— Não sei, parece que pouca vergonha. Vamos, vou levar você pra casa.

— Como?!

Os pais confirmaram nunca haver acontecido coisa igual. Desculparam-se mil vezes. Aceitaram, desolados, sem reclamar, a ordem de dona Vanda para que a menina nunca mais pisasse naquela escola.

Rosilene dormiu o resto do dia.

Jogo de Ronda

Aguardando uma consulta no INPS, continuou lendo seus livros de Geografia e de História, as únicas coisas fáceis de aprender.

Ao jovem médico, falou-se de tudo de sua vida e do relato da professora.

Um remedinho à base de plantas e aconselhamentos para que fosse mais à igreja, comunhões e confissões freqüentes.

Quase fim de ano. Melhor, sem escola, dinheiro e tudo custoso.

Natal magro. Troca de lembranças de pequeno valor. Depois da missa, frango assado, farofa, arroz e feijão.

Madrugada, um corre-corre danado; todo mundo acordou com o acesso de Rosilene.

— Congestão cerebral, quando não mata, aleija — diagnosticou dona Leogina, entendida em meizinhas e benzeduras, vizinha de porta, desperta pela azáfama:

— A melhor coisa para isto é um bom escalda-pés.

— A senhora é quem sabe, o que for preciso vamos fazer — aquiesceu o pai.

— Olhe, seu Francino, não se assuste. Não sei se sua menina agüenta isto, acho que vamos precisar de gente pra ajudar a segurá-la. A coisa dói muito, mas é um santo remédio; já vi muita gente com um pé na cova ficar boa. Se o senhor concorda, é melhor aproveitarmos este sono da morte.

— A senhora manda!

— Vou buscar minha chaleirona de fazer café pra peão. Chegue lenha no fogo!

A chaleirona parecia um cisne negro sem pernas e com uma alça nas costas. Fumegava, cuspia fumaça e golfadas de água que dançavam lestas sobre a chapa quente.

Rosilene babenta, com a cabeça desgovernada pela soneira, colocada sentada na cama com os pés dentro de uma bacia. O cisne vomitou fervente sobre os joelhos redondos da modorrenta. Olhos estatelados e gritos lancinantes responderam. Braços corpulentos contiveram-na a custo.

Das pernas largadas sobre a cama, evolava leve fumegar. Atritadas, em desespero soltavam a pele exalando cheiro de carne cozida. Noites e dias a gritos. Chás a mancheias. Folhas virentes de bananeiras serviam de envelopes para o que havia sido pernas. Aquecidas ou emurchecidas, repostas. As bananeiras vizinhas, a poucos dias, todas nuas. As pernas denudadas de pele caminharam para uma cobertura vurmosa e armisquenta. Entre os artelhos, talinhos de cascas de bananeira prevenindo a coalescência.

Nunca mais crises e nem escola. Ficou para a casa, para o serviço. Arredia a namorados. Meio lenta de cabeça. Aparentava-se normal. O pai falecera. A pensão dava. Os irmãos

Jogo de Ronda

casaram-se. Aviões cruzavam os ares. Gente nascia, gente morria; gente casava, gente largava.

Dezoito anos, pernas recobertas, como que, por cera derretida. Noite de lua cheia, de assombração. Meia-noite, o quarto de Rosilene inquietou-se com seus gritos, roncos e sobressaltos. O pavor da mãe a viu no chão, descomposta, estrebuchando a mais não poder. Por um momento, passou pela cabeça de dona Sebastiana todas as crises da menina, a acusação de dona Vanda, as pernas cozidas, as folhas de bananeira até o susto do primeiro mênstruo. Tudo de novo? Simples força da lua? Agora sem o Francino? O que seria delas?

Seguiram-se dias tranqüilos. A mãe dormia junto. Acontecia o nervosismo antes da "visita".

As duas almoçavam arroz, feijão, ovo frito. Um prato estatela-se no chão. Rosilene, de olhos fixos, mastiga esquisitamente, comida cai-lhe da boca entreaberta. A mão direita passeia pelo baixo ventre de maneira estranha. Levanta-se, toma nas mãos a vassoura, parece procurar o que varrer, vassouradas a esmo tirando aranhas invisíveis sob os bancos e mesa. Empalidecida, desgrenhada, não entendeu a sujeira da cozinha.

Exames, mais exames. Epilepsia. Remédios e mais remédios. Crises e mais crises, de dia, explicitando cada vez mais um gesto masturbatório. Às noites, dormindo, acessos terrificantes. Não freqüentavam mais a vizinhança, viviam a sós, com o medo e a vergonha.

Zeferino, curandeiro dos bons, insistia, nada de remédio, o recurso da menina é casamento.

— Casar como? — perguntava a mãe.

Até que pediu uma noite de lua cheia para um trabalho especial.

Tempo de poeira e vento e de flores amarelas pelos campos; sob a lua, ficavam brancacentas, meio da cor do nada, assim como a cor da vida de Rosilene. A casa, no fim de uma rua, parecia mais branca naquela noite pura. O benzilhão, atarracado, camisa aberta ao peito semi-encoberto por voltas e voltas de correntes de ouro, de colares de contas-de-lágrima entremeadas de conchinhas do mar. A luz do quarto de "trabalhos", baça, avermelhada. Seus olhos, duas brasas ardentes, passeavam sobre o corpo deitado da moça. Orou. Gemeu mil gemidos estranhos. Gesticulou aos céus. Ordenou:

— Vamos tirando a calcinha.

— Pra quê ?

— Vou lhe fazer uma injeção.

— Injeção!?

— É, uma injeção diferente pra você ficar boa — enquanto desabotoava a braguilha, apressado.

Deitou-se sobre a inocência de Rosilene, afastando e ajeitando suas pernas roliças.

Possuiu-a de maneira rude, sem preâmbulos, sem beijos, sem abraços, sem piedade, quantas vezes quis e quantas vezes deu conta.

Ofereceu-lhe o lenço empapado, que o usasse como protetor. Ela vestiu suas vergonhas doloridas sem nada entender. Sabia que era coisa de homem e mulher casados.

— Você fique de bico fechado quanto a isto, senão esta aplicação não vai valer nada. Nem o seu travesseiro pode saber disto.

A neuropsicóloga compungiu-se ante a estória das duas. Preparavam-se para o lance definitivo de suas vidas.

Na manhã fria do dia seguinte, um carrinho silencioso esgueirava-se por intermináveis corredores enquanto globos luminosos como lua cheia desfilavam, ante seus olhos negros, enfileirados no teto nu.

A sala, colorida de azul, objetos estranhos ladeavam uma cama inda mais extravagante, estreita e cheia de manivelas. Um odor ardido entrava insistente por suas narinas largas cavando lágrimas nos olhos: cheiro de medo?

— Rosilene? Tudo bem?

— Tudo bem, doutor.

Jogo de Ronda

— Fique tranqüila, você já pode começar a sentir saudades de suas crises, pois vão ficar aqui numa bandejinha.

— Assim Deus ajude o senhor.

Lembrou-se de Zeferino e sua injeção. Uma agulha afiada mordiscou seu braço, seu mundo revirou-se.

* * *

Na capela vizinha do hospital, um menino, bem moreno, cabelos enroscados, indaga entre as ave-marias:

— Vó Tiana, minha mãe vai ficar boa?

Despertar

> *Olho a face do mundo e*
> *sinto o perigo*
> *de desvendar as máscaras*
> *que escondem as marcas*
>
> LÍVIA MONTEIRO

O poção e o meio-dia. O sol esquentava seu espelho barrento. Minha cabeça emergiu com os cabelos alisados como um rancho de folhas de palmeira. Passei as mãos no rosto, limpei o sujo da água da cara e dos olhos. Vi o verde do mundo. Saí pisando a moleza da lama agitando a água, molemente.

Vi uns olhos escondidos atrás da moita vizinha espiando minha nudez que escorria. Vesti molhado a roupa preguenta, adivinhei, era minha e que era perdida a menina.

Jogo de Ronda

Registrei o verde visível no meu banco de dados. Até ali não havia um sonho distante, nem registros definidos, nem contornos. Vadeei uma cerca de lascas fincadas como dentes esfarpados de um grande queixo de uma boca cheia de verde, escolhi entre dois entortados.

Vi minha mãe barriguda em seu vestido estufado, meu pai e suas rugas e mais dois irmãos.

Aprendi, manquitolando, as artes da leitura e da escrita. As coisas se sucediam, nascimentos, mortes, de bichos, de gentes mortas ou matadas. Mas os velhos continuavam velhos, os meninos continuavam meninos, eu continuei menino sem tamanho, que sempre foi o mesmo.

Trabalho, o cacumbu sem corte cortando o fofo da terra, revirando pragas, os homens usavam enxadas amoladas, de cortes lumientos, revolvendo a praga do capim pé-de-galinha, do mentrasto, do cariru-de-porco sobre a nudez dos pés com as barras das calças amarradas com palha de milho, cercando as formigas.

O leite que eu tirava era pelado, espirrento pelas pernas tisnadas e afiladas. Às vezes ameaçava uma escuminha marota que se esvaía no esguicho seguinte. Os baldes dos homens transitavam derramando fofura de escuma, até o ruído da tirada era fofo. As chicotadas ardidas dos rabos das vacas coravam minha palidez, os grandes sabiam amarrá-los na peia.

A menina perdida me vigiava de longe, ela e as tranças piolhentas, compridas, açoitando suas costas, era linda e gorda.

Do carro de bois, andei na guia e no recavém, cantava grosso, cantava fino, um som engraxado de azeite de mamona das tachadas de minha mãe.

A cada dois anos, depois de uma barriga, mais um irmão, vazava, nem pensava como. Choravam, eu cuidava, embalava na rede de ripas dependurada no meio do quarto, por cima da camona.

Um campeio de uma vaca amojada, deitada num talude encapuchado de uma grama rasteira num vago de uma capoeira rala, concentrada, fazia força. Expulsava um bezerro, que escorregou-se gosmento. Ela se pôs de pé, me olhava arisca, depois de tudo. Vigorosas lambidas no nascituro aparvalhado. Mascou um cordão meloso que a ligava ao rebento, cortou-o. Encabulado, voltei, montado em pêlo na pampinha, gente também era assim? Podia até ser, mas eu não. Era filho do poção, não vinha de homem e nem de mulher. Talvez algum habitante de Asgard tivesse me atolado ali, depois de me fazer de um tronco de freixo, no barro daquela água. Comecei minha vida naquele dia molhado, por isso, sempre que possível, dava de barriga naquele espelho de sol ou de nuvens. Havia lido uma lenda nórdica. Admirava Odin e seu filho Thor em suas proezas. Nos dias descompostos, deste reino de Midgard, chorava de graça e ansiava até pelo gélido de Niflheim, o reino dos esquecidos.

O tempo se evolava enquanto eu lia, dormia, amanhecia de bigode de fumaça de lamparina, comia, trabalhava. Brincava nas sobras. Fazia meus tamancos e meus piões. tamancos eram tamancos, não, pernas de pau. Uma vara de guatambu da altura do meu peito. No pé, a um palmo, um buraco quadrado, de formão. Uma paleta de aroeira acunhada e pronto. Seguravam-se as pontas de cima das duas varas com as mãos, uma em cada, mordia-se entre os dedos com a sujeira dos pés e fugia pelas beiras dos regos, andando, correndo, pulando os dias fugidios que teimavam em escorrer no rego d'água.

Piões, os fazia de galhas de goiabeiras trabalhadas a faca de cozinha, finalizados a canivete. Um pedaço de prego descentrado na ponta os fazia cambetas, ninguém os acertava no jogo de ronda, só que não "dormiam", como os comprados, na palma da mão.

Continuei do mesmo tamanho, talvez até crescesse pois enxergava cada vez mais longe, mas minhas roupas mantinham o tamanho. Pensei em ser padre, morava com deles, vivia no meio deles. Minha cabeça pesava de tanta coisa dentro. Conheci bolas de cobertão estufadas a bombas de encher pneumáticos de bicicleta, seus cadarços e a câmara de ar teimando em vazar entre as amarrilhas.

Comunguei as nove sextas-feiras enfileiradas, minha testa recebeu, então, o sinete de enjeitado pelo capeta.

Os dias eram preguiçosos, andavam de carro de bois, os meses não varavam, sem falar dos anos. O tempo do poção emagreceu e ele também empanturrava-se de uma areia fina misturada em lama. E o meu sonho se contornava, embora esfumado, tomava formas com registros definidos.

A menina das tranças as desfez, espichou-se, criou ancas e peitos, mas deixou de me ver, às vezes até olhava e me furava traspassando minhas idéias, fazendo o mundo rolar num vórtice medonho. Um cheiro-gosto de não sei quê, vazava meu nariz, minha garganta, nunca soube se de dentro para fora ou de fora para dentro.

Já não era gorda e nem tão bonita. Cuidara dos piolhos, cheirava água de cheiro. Dançava de pés no chão ou de sapatos, com os homens. Me negaceava como onça pintada, se retorcia como cobra caninana ao som da sanfona que era minha, mas o som não era, sim dos dedos encarangados de um tirador de leite.

Eu fui, ela se foi.

Um dia de chuvarada acordei grande. Meu poção assoreou-se, tornou-se magra correnteza que mal corria, entortilhando-se entre garranchos. Nem o sol, nem as nuvens se olhavam mais nos seus cacos de espelho.

Jogo de Ronda

Isabel

> Com as mandíbulas trêmulas,
> uma salivação efervescente.
>
> Nelson Rodrigues

A menina murcha, moça na idade, menina no jeito. Magriça, canelas finas, amorenada, empalidecida, carregando a cor de doença grave. Um pedaço de fralda comprimindo o nariz achatado, vermelho, corrimento à salmoura. A fala, era fanha.

A mãe, curtida pelo sol e pela trabalheira da roça, contava:
— Esta menina sempre foi doentia, desde que nasceu tem umas mermas esquisitas. Basta dizer que teve maleita aos dois anos. Aos cinco, tiriça braba que quase morreu, foi cu-

rada com chá e banho de picão e também banho, o senhor sabe, na água da fervura de umas pamoinhas de bosta de cavalo, o senhor sabe, lá pras roças a gente usa. A bem dizer já teve de tudo de doença de menino, catapora, caxumba, sarampo; tosse comprida ela teve bem umas duas vezes e agora esta correção pelo nariz e a dor de cabeça a mais danada, alguns dizem que é uma tal silosite.

Isabel continuava alí, encolhida na cadeira magra, mas que cabiam duas. Pernas dobradas, assim meio de lado, sapecadas que davam pra escrever. Me olhava assustada, meio de banda, um olho parecia teimar em olhar pro outro lado.

— Menina, você está vendo de dois?

— Vejo. No começo era de dois pertinhos, agora, de longe. Se fecho um olho, melhora, mas fico meio zambeta.

— E a cabeça, dói?

— Se dói, ora, e muito! Às vezes é como se me enfiasse uma estaca por dentro do nariz pra sair na nuca.

Mais conversas e depois exame de tomografia.

O doutor João retirou-lhe um pedacinho cuidadoso de uma carnosidade do fundo do nariz que crescia até o céu da boca. Amostra sobre a mesa, exclama o assistente:

— Doutor! Essa coisa está mexendo!

— O quê?!

— A biópsia que o senhor colheu!

— Mexendo como?

— Sei lá, como se fosse andar.

Para o espanto dos dois, mexia mesmo.

O resultado do laboratório: infestação por *Lagoschilascaris minor.*

— Isabel, por acaso não lhe saem pelo nariz umas lombriguinhas?

— Saem, e muitas. Nunca dei importância a isso depois que contei ao farmacêutico de lá. Ele me disse que eram lombrigas de menino mesmo, até perguntou se eu sentia umas coceirinhas atrás. São que nem uns fiapinhos de linha espertos.

— Pois é, esses "fiapinhos" estão comendo sua cabeça por baixo.

— Tem jeito?

— Vamos ver.

A menina, cada vez mais murcha e desbotada. Mais uns dias, não se sustentava de pé e não engolia. Cada olho, estufado, olhava pro seu lado, sem ver. Sem querer, a singultos, engoliu uma sonda para se alimentar. Seus "fiapinhos", insolentes e lestos, cada vez mais numerosos brotavam pelo nariz, boca, ouvidos, olhos e começaram cutucar sua alma; tornou-se confusa, agitada às vezes, quando um sono esquisito o permitia.

Os "fiapinhos" roeram suas linhas da vida.

Assombração

> *Seu formidável vulto solitário*
> *enche de estar presente o céu e o mar*
> FERNANDO PESSOA

A tribuzana ameaça.

Berros preocupados localizam seus bezerros acamados na varanda repisada do paiol.

Geraldo tem pressa.

Nas mãos, o cheiro da creolina e a seringa vazia do remédio.

Sedenhos nas costas, chapéu quebrado na testa, a escuridão apressada vigiando seus olhos.

A trote, foge dos pingos da chuva, cerra a cancela do pátio e a porta desconjuntada que serve à cozinha.

A solitude o cumprimenta, reacende o fogo crepitante da fornalha.

Em cima, pareando a tábua dos queijos, o arame das lingüiças. Fios enganchados dependurando cachos de banana. Tem maduras, despencando-se, pintadinhas como os peitos sardentos da Candinha.

A panela preta de feijão amarelo borbulha, a chuva acalenta o barulho. Vai pagão mesmo, também, com arroz com suã!?

Enxágua-se sem tempo. Relampagueia, coruscando os vergões da serra longe, pras bandas do Ribeirão Santo Inácio, escuros, intrincados quais sapopemas de algum mundo gigante.

Banho não combina com trovoadas.

O repasto passeia pela boca, esbanjando calor. Às mordidas dessalgadas, fumegantes, se brincar queima.

O ar da noite invade-lhe as narinas dilatadas, enchendo-as do cheiro da terra molhada.

Recostado. A espreguiçadeira. O rádio de pilhas sobre a mesa bisbilhota coisas de outros mundos vasculhando o céu e a terra.

Músicas invadem-lhe o cerúmem dos ouvidos, de si prefere as ritmadas com bateria destacada marcando em baques surdos. Gosta de dança, é o rei dos pagodes.

Ruminou: "Coisa mais besta esta vida, meus filhos crescidos, minha mulher na cidade, acode um, acode outro e eu aqui mourejando no chão duro, nas sobras de tempo, cozinhando, lavando, limpando, sem mulher, sem namorada, sem nada neste oco de mundo, se morrer, só urubu pra contar".

A lamparina cansou-se, bruxuleava. Pegou o que restava de luz, ajeitou-se na cama e, com um soprão, descansou-a, de longe, de vez. A escuridão engoliu-o. O silêncio da noite, após a chuvada, deixou nos seus ouvidos uma atrevida cigarra, um grilo medroso à vezes tentava interrompê-la.

Dormitou.

Entre dormindo e acordado, pareceu ouvir algo; apurou-se, levantou de leve a cabeça. Uma latinha rolava lenta no vermelho do cimento da copa!?

"Ué!?"... engoliu. Nunca vira assombração. Um arrepio esquisito visitou seu corpo magro, ajuntando-se-lhe atrás das orelhas, seus pêlos postaram-se em ponto de luta.

Rosnou: "Lá sou homem de medo, gente?!"

Tentou a lanterna sobre a mesinha de cabeceira, tombou barulhenta. A coisa calou-se.

Sentado, arregalava os olhos e os ouvidos; os pés tocavam, de leve, o frio do chão de soalho de jatobá; nem respirava.

Jogo de Ronda

De novo! Devagarinho, como que para não amedrontar ninguém, o barulho!

Vazou a porta com seu facho de luz. Nada!

Comprou coragem de quem não tinha medo de assombração. Trinta e oito empunhado. Destravou o rangido da noite medrosa, saltou, rodopiou em pontaria como artista de cinema. Nada!

Sob um banco de madeira, a coisa tranqüila rolava. Mirou a lanterna. Um besouro trapezista e toda sua fleuma tentando escalar, por dentro, a lateral escorregadia de uma latinha de cocada.

Fazendeiro

*Tudo o que fazem os homens está cheio de loucura.
São loucos tratando com loucos.*

ERASMO DE ROTERDAM

O dia atarefado, cansado.

Um após outro, os consulentes. O consultório médico é tal qual um confessionário; da correlação, talvez o codinome da profissão: sacerdócio. Pecados veniais embaralhando mortais em variados degraus.

Crianças inquietas, não convidadas, presenciam ou dificultam confissões difíceis, penosas. Relatos à meia voz enquanto traquinas vasculham as intimidades da sua igreja, rabiscam o que não devem, sobem onde não podem, na desobediência tácita a ordens franzinas:

— Meu filho, não faça isto, meu bem.

Um ou outro acrescenta:

— O doutor dá injeção!?

Às vezes confirmo esse absurdo na ausência de algo melhor.

Mas nesse dia não foi assim; o magrelão alto, trajado a homem da lavoura, simples, "botina gomeira", estava só.

— O que está havendo?

— Doutor, o que mais me incomoda é uma desinquietude danada. De um tempo pra cá, acho que nervo em mim está sobrando, não durmo direito, o primeiro sono vai, mas depois, é um rola pra cá, rola pra lá, numa suadeira das mais esquisitas. O lençol dá até de pregar no corpo de tanto suor. Outras vezes, puxo a coberta, calor demais, tiro a coberta, frio.

Realmente parecia "sobrar-lhe nervo". Ansioso ao extremo. Na cadeira, movia-se mais que um macaco, chegava pra frente, voltava, escorregava de banda como se algo lhe incomodasse o traseiro, numa "desinquietude danada", como disse. Perguntei muita coisa, nada, o homem parecia saudável, nada a suspeitar.

Falamos de lavoura, da chuva pouca, do preço das coisas, mas nossa conversa não rendia. Restava aquela impressão de quando a gente sai de casa parecendo que esqueceu algo.

Compromissos financeiros, nada, o homem era controlado. Dificuldades conjugais, nada, esposa muito boa, falou até que não a merecia.

— O senhor tem uma namorada?

— Nunca! Nesta questão, sou homem de vergonha na cara.

— Bem, então vou receitar-lhe somente um "comprimidinho" às noites. Comece com a metade e depois de quatro dias aumente para um...

Atalhou-me:

— Tem mais uma coisa, doutor.

— Sim?

Chegou-se bem para a beira do banco, olhou para um lado, para o outro, como se para certificar-se de que ali só quatro orelhas. O sangue pareceu fugir-lhe da face, escondendo-se de alguma coisa. Raspou a garganta algumas vezes. Arrumou-a. Encarou-me.

— Doutor, acho que homem que tem vergonha na cara e tem coragem de fazer certas coisas, tem de ter coragem de contar. O negócio é o seguinte: minha mulher deu à luz e, como o senhor sabe, fiquei meio privado daquelas coisas. Um dia, ela de repouso, só nós dois, saí pro chiqueiro, pra um trato aos porcos, vi uma marrã, das bem taludas, assim com o cachimbinho inchado, no cio. Agarrei ela no jeito e larguei o pinto, mas deu em nada, como só podia ser. Vai nada não, daí uns dias começou uma coceirinha na cabeça do bicho, vai, vai, passou pro papo dele, pra barriga, pro pé do saco e daí danou de tudo mesmo, agora no ióis, uma coceira dos infernos!

"Aparelho"

*Agora, nunca mais, ambos
exilados do sol da carne
peregrinam valsas em tempo de fel.*

JOSÉ TAVARES DE MIRANDA

A medicina da terra não dava jeito mesmo. Dona Maria das Dores, sepultas as esperanças, andava sob os medos costurados por Zé Cipriano, macumbeiro temido, respeitado. Velas vermelhas, velas pretas, velas-caveiras, incenso, marafo, água forte. Os recursos da família esfumavam suas vidas no fumaceiro escuro de cheiro estonteante.

Entre idas e vindas ao terreiro, os exus cansaram-se. Sopraram incontáveis asfixias de charutos fedorentos no rosto branco de Vitalina durante as incorporações desavisadas ou antevistas. Nada de nada. Nada de tudo.

Chuva macia, nem bem ia, nem bem vinha, daquelas de molhar bobo, como se diz. A noite escancarava sua imensa boca, engolia tudo, engolia todo o mundo, engolia o bairro inteiro de casario humilde. As chaminés, como duendes corcundas agachados sobre as cristas ou os esconsos dos telhados, abanavam lenços brancos. Tarjas alvacentas deslizavam sob as nuvens cinzas, arrastando-as rumo ao Centro Espírita Caboclo Cirino.

Das Dores apressava o passo; vez por outra, um arrepio estranho percorria-lhe o espinhaço, sacudindo-a por inteiro. A proteção encomendada, murmurava, "graças a Deus".

Naquela noite "pesada", médiuns rolaram pelo chão de cerâmica barata depois de rodopios intermináveis. Fundangas. Farofa apimentada, de arder os olhos. Pipoca. Pé-de-moleque de rapadura. Dado um momento, Omolu, o senhor da morte, braço atravessado atrás da cintura forte do pai de santo:

— *Zim fia das Drô, adispois do zim trabai, fara aqui cum zim cavaro* — soou cavernosa a voz de Zé Cipriano, como se viesse do fundo da terra.

Meio gordinha, cara redonda, de boa amiga, a mãe de Vitalina acerca-se do pai-de-santo nas despedidas dos portais.

— Meu pai queria conversa comigo?

— Sim, minha filha, é sobre Vitalina, o caso dela tem uma saída.

— Que coisa mais boa!

— Graças a Deus. Mas é, digo, uma coisa muito difícil pra mim, até mesmo de falar. Tenho medo de ser mal interpretado.

— Nada disso, pro bem dela, nada será mal interpretado.

— Está bem, mas olhe, vou avisando, esta coisa tem de ficar somente entre nós dois ou nós três, conforme a senhora decidir, sob pena de desgraças maiores, a senhora sabe!

— Maior ainda!? Credo!

— Maior ainda, o mundo é muito mau, a senhora sabe.

— Sei sim meu pai. Mas e então?

— Amanhã cedo vou à sua casa pra conversarmos direito, certo?

— Certinho. A sua benção, meu pai.

Cena macabra rodou na cabeça de Maria das Dores roubando seu descanso, atravessando sua noite.

Uma figura esquisita, negra, de formas humanas, peluda, chifres e pés de cabrito, pulava, balançava-se, como quem dançasse numa ginga lasciva.

Atabaques surdos ritmavam frenéticos, dispostos em semicírculo. Sombras indistintas. No centro, uma fogueira crepitante. Mas a chama que lambia a lenha era fria, borboleteava sob gélido zéfiro.

A figura dançante␣sorria.

Na mão esquerda, larga e longa fita branca.

Na direita, estranha espada que em certos momentos mostrava-se cortante, de gume reluzente ao fogo. Noutros, como um grande falo negro com uma espécie de crina loura baloiçante. Quando assim, o bailarino do Hades tocava, de leve, com aquilo a lívida face de Vitalina, imóvel, atada a um mastro de madeira tão alto que não se via a ponta, perdia-se no escuro do céu. Ela, estranhamente bela. O rosto luzia como a lua cheia. Toda em branco puro, vestido longo. Contorcia-se como cobra mal matada, em sensuais lances.

Levanta-se aturdida, fria, horripilada. Dormira descoberta.

Depois do café quente, da hora, recompôs-se, num longo arrepio. "Credo", exclamou entre os dentes. A madrugada se despertava. Ruídos distantes de motores, a longos intervalos, davam sinal de vida ao mundo. Dentro da casa, todos mortos. Nem ressonavam. O silêncio de pedra, intermitente, alteava o zumbido de sua labirintite.

Ficou a ouvi-lo. Mil acordes.

Um galo vizinho trouxe-a ao mundo vivo num canto comprido, chorado, como um lamento dolorido.

Os afazeres antecipados daquela manhã absorveram-na.

— Dona das Dores, saravá.

Entra o pai-de-santo espichando sombras em tarjas compridas.

— Saravá! — rodopia com uma xícara e o bule fumegante às mãos.

A casa ainda dormia, era sábado, Zé Cipriano olhou para um lado, para o outro, auscultou o silêncio refrescante. Adiantou-se:

— A coisa é a seguinte, que eu quero falar, como o casamento da Vitalina não valeu nada para os desmaios, conforme pensamos, em conversa particular com meus guias, eles disseram que só eu posso dar jeito nisto.

— Jeito como, meu pai?

— É simples, ela deve "ficar" com o Exu Cheiroso através do meu "aparelho", acho que basta uma vez.

— Nossa!? Como pode ser?! Ela é casada, tem um marido de muito respeito!?

— E vai continuar sendo, tudo tem ficar entre nós três. Deus nos livre de alguém saber, se não for aceita, morre aqui a proposta. Faço isto mais pela senhora de que por ela mesma. Do jeito que a coisa está, pode, a qualquer dia, acontecer alguma desgraça, veja que nas últimas crises ela está cada vez pior, já até riscou o marido com aquela tesoura.

Agora nestes dias pega a vassoura e sai correndo atrás da Alice, como a senhora contou. Já vi casos assim que o doente matou até criança sem ver!

— Nossa! Deus não há de deixar, meu pai.

— Não há de deixar? Ele não disse: faça da tua parte que farei da minha?

— É, está escrito!

— E como está!

— Bem, meu pai, não garanto nada, mas, se é assim, vou falar com ela, a cabeça dura que é, não sei não!

— Ela que tem saber da vida dela, faça da sua parte, como está nas Escrituras, a senhora não pode fazer o que é dela, cada um carrega seu carma.

— É, e como carreguei e ainda carrego o meu!

Desde a gravidez, surras e mais surras do marido, sempre afogado na cachaça. Mas, de qualquer modo, mesmo um casamento impensado era melhor de que mãe solteira, para não falar do parto que lhe custou dois dias de sofrimento até a menina arroxeada e de cabeça comprida.

Aos três anos, das mais bonitas e saudáveis da família quando, de um ataque de sarampo, em febre alta, queimava-se. De repente, lívida, revirou os olhos, o rosto, esticou um braço e estrebuchou-se qual bicho daninho, mastigando e espumando até o demorado hospital. Fria, mole, suarenta, aquietou-se após uma custosa injeção na veia.

Depois da segunda filha o marido sumira.

A escola, os deveres, os cadernos encapados, nomes absconsos, disfarçados nas dobras de folhas despretensas.

A menina desperta mulher num veio vermelho assustado, da cor do batom na manhã dos seus treze anos.

É noite, entreolham-se, ela e o filho do dono da padaria.
— Dança?!

Baile?! Balanços sensuais, gingas da cor dos pecados de todos nós.

Cada um e o prato do bolo esfatiado avermelhado como o embaraço de muitos, recoberto de glacê branco esfarinhento que fugia arisco das pontas coloridas dos garfinhos plásticos.

Vitalina é sorrisos, é a festa. Seu prato, o resto fugidio, tenta, roda o garfo e roda esquisito, o plástico estala, o esfarinhado se espalha no encerado da sala. O espanto! Rodopia procurando os olhos e a boca revirados! Cai, estira-se numa roxidão maluca! Debate-se numa poça de urina odorenta! Descomposta, saia encharcada, nas virilhas mostradas, em estertores ronca! O sangue cora a brancacenta boca de saliva grossa.

A festa desmaiou. Silencia o som, grita o medo. Pratinhos largados, cadeiras desapontadas. Todo o mundo sem saber, se corre, se fica. O torpor. O hospital. As injeções.

Luminal. Gardenal. Comital. Epelin. Disritmia. Convulsões. Epilepsia, credo em cruz! Isto não, coitada, nem pode casar-se!

Perguntas, perguntas incansáveis, todo o mundo sabia. Sem coragem, não voltou à escola. Crises violentas acompanhavam suas dormidas, principalmente nas vésperas das "visitas".

Todos de casa temiam a lua cheia, lua de assombrações. Principalmente às refeições, às vezes acudia: vem! vem! vem!... Boca entreaberta, olhos fixos, palidez, um mascar estranho, como se mascasse a língua, passava a mão direita sobre o ventre encovado, aparvalhada, levantava-se como se procurasse alguma coisa em algum lugar. Contida, meio confusa, tomava água e dormia com seu desespero.

Rodou mundo, rodou tempo e nada. A aposentadoria de das Dores tinha de dar para as consultas, remédios e tudo o mais.

Peregrinas de consultórios, mãe e filha desanimaram. Seu Benvindo da farmácia acertava mais. Os passes no centro, indispensáveis. Todas as quartas e sextas, o sagrado compromisso. O pai-de santo comandava os medos e as crendices das crises da moça. Dominava sua mãe, médium de incorporação do terreiro, misturava aos remédios suas garrafadas. A principal, "goma arábica", da árvore cerradeira, pau-doce.

Induzia a mãe à necessidade de casar a filha como solução única do problema. Casar como – se perguntava – se nem namorar pode?

Vitalina e sua clausura maligna de portas escancaradas. Não desgrudava da mãe, quando muito, até o armazém do seu Genaro buscar alguma coisa. Aprendeu a ver sempre por lá um soldado e seu uniforme cáqui. Um quepezinho invocado, assim meio de lado e duas listrinhas nas mangas curtas da blusa. Parecia marcar suas horas. Da chegada à saída, não se livrava de seus olhos teimosos, também azuis, brilhantes, onde quer que pisasse. Era sábado, arranjou-se. Estava linda. Batom rosa contornando a boca pequena, vestido de chita estampada caindo-lhe frouxo pelos flancos até os joelhos. Só se lembrava de ter ido ao armazém buscar massa de tomate para a macarronada de domingo, viu-se nos braços do soldado chegando em casa com o seu revólver incomodando-lhe o quadril direito.

Agripino, solícito, acudiu à noite a saber o quê da moça.

Convidado, sentou-se, conversou bastante, contou de uma prima que era assim e que acabara morrendo queimada numa trempe de fazer sabão, ao atiçar o fogo.

Voltou no domingo para a macarronada. Vitalina, amedrontada, recusava-se à mesa, morreria de vergonha se acontecesse. Comeram os quatro entre o desfile das genealogias e as goladas de guaraná. O soldado voltou no sábado e de novo no domingo. Após o inevitável, Vitalina e sua crise mastigada e engolida, lançou mão da faca de mesa e num ataque de fúria tentou acertar Agripino, que se esquivou, como bom soldado. Recomposta, decompôs-se em lágrimas e desculpas ante a amável compreensão visitante. Aconselhou-o, compungida, a não mais voltar, podia não ser bom para os dois.

Um mês depois, bate à porta um ramalhete de rosas vermelhas e um cartão de Agripino, desculpava-se por missão urgente no interior, mas que à noite estaria lá.

Muitas vezes viajou, muitas vezes voltou, cada vez mais de perto.

Namoravam?!

Ao primeiro beijo roubado, dado de coração, desfez-se em lágrimas.

— Até onde vai isto, Agripino?
— Até onde você e Deus quiserem.
— Eu!?
— É, eu levarei até o fim.
— Fim? Que fim?
— Ora, não me aperte, mas qual é o fim de um namoro?
— Saudades, desenganos?
— E por que não um altar?
— Mas eu não posso, de que vale uma mulher como eu?

— Quando a gente se gosta, vale o mundo.

O beijo foi mais doce e mais terno de que todos os beijos deste mundo.

Os olhos apressados de das Dores acompanhavam tudo com todas suas bênçãos. Casaram-se, num dia qualquer, de carros nas ruas, de crianças corredeiras, de canto de pássaros e de brigas de cachorros.

Não teriam filhos até que ele fosse dispensado das intermináveis missões. Moravam a duas quadras. O soldo de cabo e algum recurso de poupança lhes facultaram o mobiliário simples e a casa de três quartos cheirando a tinta.

Alice, a companheira da irmã quando das viagens do marido, às vezes a mãe, nas épocas de mais crises, quando mais manifestos os ímpetos agressivos.

Vencidos três anos e as missões, secretas ou não, continuavam.

Dona Maria das Dores rodeou muitos dias e muitas dores. Rodeou de lá, rodeou de cá, e nada. Quase falava, mas não dava. Ensaiou mil começos, mil formas de chegar na filha. As crises, apesar das garrafadas, passes, remédios de farmácia, nada, até duas ou mais vezes ao dia. Até que não se conteve:

— Minha filha. Como você sabe. Você é mulher casada. Devemos falar como boas amigas. Você sabe...

— Desembuche logo, mãe.

— Bem, minha filha, neste caso de homem e de mulher, você sabe, tem certas coisas difíceis de conversar...

— Iiiih!!

— Não, não, por favor minha filha, por favor... vá lá... escute, na cama, seu marido satisfaz você?

— Aonde a senhora quer chegar, mãe?

— Bem, quero saber se você goza ou não — destampou-se, de vez.

— Gozar, ora mãe, nem bem sei o que é isto e nem ligo pra estas coisas. Acho muito gostoso abraçar, beijar, mas não me acontece mais nada, e por quê?

— Mais nada?!

— Ora, quando ele vem pra cima de mim, eu topo, não é assim que tem de ser?

— É, mas a saúde da mulher vem do gozo!

— Então eu sou muito doente.

Brilharam estranhamente os olhos de das Dores. Sua brecha! Não podia falhar! Animou-se. Atacou!

— Minha filha, em conversa longa que tive com seu Cipriano, concluímos que você tem de se deitar com ele.

— Eu? A senhora ficou maluca?! Deitar-me com ele?! Por quê?!

— Porque ele vai te fazer gozar.

Jogo de Ronda

— Me fazer gozar?!

— Faz falta, minha filha, senão você nunca vai ficar boa desta coisa sua.

— E o que ele tem a mais de que meu marido?

— Ora, minha filha, não sei não, mas é um homem muito mais experiente. Já viveu bem mais que seu marido. É um homem andado e além do mais quem vai estar na pele dele vai ser o Exu Cheiroso, este sim é quem vai te possuir. Lógico que, para isto, ele tem de usar o aparelho do seu Cipriano, entendeu?

— Onde fica nisto o coitado do meu marido?

— Ora, fica onde está!

— A senhora não me respondeu.

— Como não? Quero dizer que ele nunca vai saber de nada. Quem vai contar? Só se você der com a língua nos dentes.

— A senhora sabe como se chama isto, mãe?!

— Remédio santificado!

— O quê!? Traição, mãe, traição e das mais sujas!

— Minha filha, é sua saúde, menina!

— Nunca, mãe, nunquinha mesmo! Que horror!

A mãe, acabrunhada, voltou aos seus afazeres. Vitalina saiu pisando duro, resmungando entre os dentes, ninguém nunca soube o quê.

* * *

Um sábado qualquer. Agripino saíra cedo. Na segunda estaria no Bico do Papagaio, divisa do Maranhão. Vitalina, a tarde e a faxina semanal. Zé Cipriano, bem barbeado, cheirando a lavanda, bem vestido, chega maneiroso.

— Boa tarde, Vitalina.

— Boa tarde, seu Cipriano. Vamos entrar.

— Como tem passado, menina?

— Ah! Na mesma. Dia melhor, dia pior. Já vi que sem crises mesmo nunca vou ficar. O Agripino está ajuntando uns cobres para a gente ir a São Paulo. Um parente dele sabe de um médico que deu jeito num caso igualzinho ao meu. Mas, não sei não, é idéia dele, coitado.

— Coitado mesmo e coitada de você. Sua mãe me contou que você não aceitou ser possuída pelo exu, pena, pois tenho certeza de que você ficaria boa.

— Nesta eu não posso embarcar, seu Cipriano. Acredito no senhor, mas não posso trair, assim, o meu marido.

— E quem falou em traição? Quem?!

— Pois não é?

— Não, isto é um tratamento como outro qualquer. O exu vai simplesmente usar meu aparelho como um remédio e, pra fazer efeito, você tem de gozar.

— Então não vai resolver nada porque nem sei o que é isto!

— Ah, ah! Comigo você vai saber, e como. Nunca achei

uma! E olha que já fiz isto com muitas mulheres "geladeiras". Não falho, menina, isto lhe garanto e olhe, ainda mais, depois de você aprender, seu marido vai notar a diferença! E que diferença!

— Não vou topar mesmo, seu Cipriano!

— Vai! Você vai! Mais dia, menos dia, não tem outra saída pra você. Falei à sua mãe que qualquer hora você ainda mata um com sua doideira depois das crises e aí, babau! Cadeia o resto da vida.

— Deus não vai deixar isto acontecer.

— Não? Você não conhece aquela passagem: que cada um faça a sua parte?

— Conheço.

— E então?!

— É... mas e minha irmã que mora aqui comigo?

— Sua mãe dá jeito nisto.

O sol escondia-se atrás do mundo. Um vermelho-sangue tingia o poente. O coração opresso de Vitalina estufava o peito num arfar estranho, abafado. As mamas levantadas pulsavam sob a renda do peitilho, como se os mamilos quisessem ver o céu vésper. A cabeça rodava a cada suspiro. "Meu Deus, não posso!?" Murmurava a todo momento. Mas sua sorte e seu infortúnio caminhavam de mãos dadas. Ninguém cumpre o destino de outro.

Jogo de Ronda

— Minha filha! Hoje fico aqui. Troquei com sua irmã. Eu e seu Cipriano precisamos falar algumas coisas aos pés dos ouvidos...

A noite, desajeitada, engolia tudo. Assunto nenhum vingava. Automóveis transitavam desconfiados. Os passantes, silentes. Cães ladravam longe. A escuridão fechava o cerco, cada vez mais, como um torniquete carbonado. Os ruídos distanciavam-se, escondiam-se das sombras mentirosas. Nuvens escuras ocultavam o testemunho da lua e das estrelas.

Um filme despretensioso coloria a TV.

Três pares de olhos fixos, tensos, calados.

Três mentes paradas, cada uma no ataláia de seu momento. O silêncio enchia a casa. O filme, olhavam, mas ninguém via. A noite não pensava, cúmplice, esperava.

O sono furtivo de dona Maria das Dores despertou, levou-a ao quarto bocejando fingimento, na justificativa obsequiosa.

O silêncio não se moveu.

Ninguém olhava ninguém. Os olhos de Cipriano, em relances, lambiam aquelas pernas torneadas, desconfiadas.

Palavras engolidas com saliva grossa.

— Com licença.

Como ao estalo de um látego, o susto do pai-de-santo murmurou roufenho:

Jogo de Ronda

— Tem toda.

O momento espreitava seu momento atrás da porta cerrada, a tessitura se contornava.

Um som distante, o sanitário usado.

O dono da noite, uma tossida mentirosa, um raspar de goela sedenta. Ouvidos apurados. Da TV, o som, cassou. As imagens gesticulavam, falavam palavras mudas. Nada! Um nada asfixiante. Do seu quarto, de pijama, pés no chão, pé ante pé, passou pela porta de um ressonar ruidoso, encomendado. Girou a maçaneta seguinte. A luz baça de um pequeno abajur. Tudo branco sobre a cama branca. Tudo virgem, conforme combinado com das Dores. Um rosto suave e assustadiço emoldurado por vasta cabeleira alourada como uma alfombra a capricho. Uns olhos úmidos, brilhentos, vagavam por todo o quarto; de repente fixaram-se no gigante de ébano desfazendo-se do pijama com os olhos arremedando bolas vermelhas de fogo, chamuscando aquele corpo inda velado.

O momento fugiu. O instante quebrou-se. A porta cerrou indiferente selando a sorte de Vitalina. Ninguém mais viu, ninguém mais soube.

Como o anjo da porta do Paraíso, na expulsão de Adão e Eva, de pé, dedo em riste vociferou:

— Fora! Fora da minha cama seu maldito dos infernos!

— O que é isto, menina, o exu ainda não está satisfeito.

— Com ele para os infernos, já disse!

— Está bem, está bem, outra hora conversaremos mais. Você vai ver, sua vida vai ser outra de agora pra a frente.

— Eu sei, infelizmente, eu sei, tornei-me uma puta suja e descarada!

— Não fala besteira, menina.

Passando pela sala, Cipriano deteve-se ante uma cena erótica, muda, na televisão. Desligou. Dormiu.

O mundo de Vitalina rodou o resto da noite. O desespero trouxe-lhe muitas crises solitárias, nunca soube quantas. Pensou em morrer...

Dona Maria das Dores esperava o resultado do "trabalho". O pai-de-santo avisou que deveria voltar à casa de sua filha e instalar-se lá, até a cura ou o retorno do marido.

Agripino demorava-se.

Cipriano, cada vez mais de casa. Arvorou-se em protetor das duas moças que moravam sós. Nada de Vitalina, nunca mais a porta destravada, somente os olhos de repulsa e as palavras necessárias, mas era paciente. Alice demorava-se em conversas com ele, quando seu namorado saía. Bocejava cedo, quando Paulinho, lavador de ferramentas de uma oficina, aparecia.

Do quintal vizinho, debruçava-se uma galhada de mangueira.

As mangas pendentes, verdoengas, de repente seduziram Vitalina, deram-lhe água na boca. Um pratinho escondido de sal. Faquinha boa de corte. O azedume aliviava sua fome esquisita misturada com enjôo. Contou à mãe sua arte.

— Minha filha, como vão suas "visitas"?

— Estou de falha — duas cuspidas.

— E os passamentos?

— Andam sumidos, nestes dias.

— Graças a Deus. Será que a coisa deixou você boa?

— Estou morrendo de medo desta coisa ter acabado com a minha vida.

— Como assim, filha?

— Ora, mãe, e se eu estiver grávida? Estou com uma fome danada misturada com enjôo de estômago e, ainda mais, só quero saber de coisa azeda!? Vou amanhã ao médico do quartel.

Persignou-se a mãe.

— Do quartel? Nunca! E depois, o seu marido? Melhor a fila do INPS, você não acha?

Maria das Dores, conhecedora das lides deste mundo, não tinha dúvidas. Depois de uma conversa com o pai-de-santo, levou à filha um punhado de casca de goiabeira e outras folhas, na mesma noite.

— Minha filha, faça um chá bem forte destas coisas e beba no lugar de água, o dia inteiro, se você puder. Você vai ver, logo, logo sua "visita" vai descer, antes mesmo do resultado de seus exames.

Vitalina afogava-se em beberagens, cada dia, uma diferente.

— Mãe, vou me matar!

— O que é isto, menina, não fale besteira!

— Estou grávida!

— Bem, também você é mulher casada. É o de se esperar.

— Mãe, a senhora parece que não pensa! O Agripino, ruivo, de olhos azuis, eu branquela e um filho meio preto?! Alguém explica?!

— É, você está certa, temos mesmo é que dar um jeito.

Cipriano mantinha-se calado. Vez por outra, tentava a porta de seus desejos.

Naquela manhã de chuva, abriu o jogo.

— Vitalina, este menino não pode nascer. Seu marido pode aparecer a qualquer hora e além do mais o prazo está vencendo, depois de três meses ninguém mais aborta ninguém. Conheço uma enfermeira boa nisto. O preço não é caro, mas não faz a prazo, com ela é preto no branco e eu estou duro.

— O que você quer que eu faça?

— Seu marido não liga pra você toda semana? Peça um dinheirinho para um tratamento qualquer, invente alguma coisa, mulher é boa nestas coisas.

— Eu inventar? Pois se tenho médico de graça no quartel, que tratamento eu vou fazer?

— Diga que uma amiga falou de uma mulher que trata por garrafadas. Que você está perdendo sangue, que o médico está querendo operá-la, mas que você não quer, sei lá, qualquer coisa assim. Mulher tem mais jeito, já falei.

— A culpa é sua! Você é que tem de parir dinheiro!

— Meu tratamento não deu certo? Você está, por acaso, tendo crises?

— Isto não vem ao caso.

— Como não vem, dei conta do meu recado, não dei? Só que não garanto, porque você não quer terminar a coisa.

Vitalina pagou em dinheiro. Dona Hermenegilda não entendia de cheques. Receitou, de segurança, umas cápsulas de duas cores.

Sangrou por quase uma semana. Às vezes, umas postas de sangue talhado, escuras.

Sua irmã, cada vez mais encantada com o pai-de-santo. Varavam madrugadas em demoradas conversas.

Agripino passou dois dias em casa. Achou estranha a palidez da mulher. Inúmeras crises. Impulsos agressivos, mais marcados, unhá-lo e rasgar suas roupas, uma constante. De uma feita, pegou um caxerenguengue que dormia sobre uma pia da cozinha da mãe e lanhou seu braço, a custos, contida.

Quando não a serviço, ocupava-se do quintal e seus pés de mandioca ou, às vezes, de limpar e afiar as ferramentas de lavoura, únicas lembranças do velho pai. Comovia-se ante um cacumbu ainda usável, uma foice velha e um desgastado machado Collins. Guardava-as, areadas, na despensa.

Vitalina, remordida e tristonha, mais sonolenta e mais indiferente ao marido, suas viagens e seus plantões. Quanto mais ficasse longe, melhor. Ele, contrito, respeitava sua indisposição. Mas o pai-de-santo restava entre eles vigiando sua nova hora. Freqüentava a casa, assumira um namoro definitivo com Alice com as bênçãos de Maria das Dores.

O cabo até que um dia apareceu como um pássaro empalhado numa caixa de madeira, depois de trocar tiros com pistoleiros numa de suas missões.

O pai-de-santo, no pastoreio.

Caminho livre. Cama, comida, roupa lavada. Namorava Alice, pombeando Vitalina.

Uma sexta-feira longe, noite de lua cheia, noite de assombração. Alice e Cipriano em arrulhos sonoros. Não faziam segredo de suas intimidades, ostentavam toda sua liberdade.

Ninguém jamais soube, mas parecia, no ar, um sutil ranço entre as irmãs. E o destino, em seus caprichos, tecia sua invisível teia qual misteriosa tarântula das matas encantadas.

O sono dos injustos na hora justa.

Um galo cantador desperta o sol que se eleva brilhante. A natureza o saúda. Os automóveis, passando pelas ruas com os mesmos ruídos. Os escolares e suas mesmas pastas e mesmos uniformes engomados pelas mães cuidadosas.

Nada mudou. Nada parou.

Sim, nada mudou naquela hora mutante. Os passos do mundo são cegos e surdos e suas artimanhas ninguém conhece em seus mistérios insondáveis.

Maria das Dores, aparando o sol com a destra espalmada sobre os olhos, chega inocente qual distraído mensageiro. Bate.

Bate insistente. Nada.

Chama da janela do quarto:

— Vitalina! Vitalina!

— Sim mãe — a resposta rouquenha, meio dormida.

— Abra a porta! Dormindo até estas horas? Alice já saiu?

O silêncio respondeu até o rangido da porta de madeira envernizada.

— Minha filha!? Que sangueira é esta na sua roupa?!

— Não sei não, mãe.

Os olhos estatelados, a boca babada, sanguinolenta e a camisola esticada pelo peso do colorido.

Por uma porta entreaberta, sobre a cama, um corte reluzente de machado, em trilhas coloridas de vermelho, deitava-se sobre dois corpos alinhados e duas cabeças como duas abóboras maduras partidas, num banho de lacre, como pra um festim de porcos diabólicos.

Pescada

> *Para quem viaja ao encontro do sol*
> *é sempre madrugada.*
>
> HELENA KOLODY

O corpo dói, treme. Um gosto entre azedo e amargo na boca seca pede água, mas os lábios áridos não se articulam. A língua, como uma pedra, não se move. Bóia nas águas pacíficas da inconsciência, nem vai, nem vem, fica. Quando vem como que um torniquete elástico, uma cumbuca vazia confrange, não uma cabeça. Os olhos entreabertos pervagam na alvinitência do teto à procura do ponto de onde mina uma lua amarelada que brilha e esmaece, que vem e que vai. O mundo balança como imensa retouça.

Jogo de Ronda

— Lizandro! Ô, Lizandrão! Abre os olhos, vamos!

Uns olhos melecados da pomada da noite escorregam pelas órbitas marejadas, dançam. Rostos confusos como se, no fundo de um lago, vagassem ao sabor das águas mortas, açoitadas pela aragem matinal.

— Tudo bem? Tudo bem...?

Recordava-se de um, devia ser médico, dizendo-lhe: "Fique tranqüilo, sua dor de cabeça vai ficar aqui". Ele era baixo, barba cerrada sob a máscara e um gorro azul cobrindo-lhe a certa calva. Uma picada no braço, uma rodada no teto, mais nada.

Um amanhecer esquisito de cama suja, grudenta. De um lado, um ser vivente todo cheio de canos de borracha, fraldão de lençol escondia as vergonhas daquele corpo gordo. A barriga ia e vinha ao gosto de estranha máquina. Pessoas paramentadas de branco circulavam como o voejar de um bando de garças. À sua direita, cama vazia. Sobre o colchão azul nadava uma poça de água azulada, refletindo a parede branca e um oito empenado ondeando. Vozes soturnas, confusas, distinguiu a rouquenha e estentórea: "O pacote do oito já desceu".

"Será que tudo deu certo?" — ruminou. Tentou levar uma e outra mão à cabeça arrochada. Pouco se moveram. Ligames macios jungiam-nas.

Andava meio difícil. A perna esquerda meio cambeta, visitas, muitas perguntas, muitas respostas. Se ficou bom, se doía, se teve medo.

Ainda moço, logo depois do sol a pino. Medroso das tardes. Os pais idosos assustavam-no. Conjeturava sobre seus horizontes, suas expectativas, se rastros de paixões restavam em suas mentes enrugadas, o que dos abraços e dos beijos agora murchos?

Lizandro, uma incógnita, um ponto de interrogação no meio da vida. Falava pouco, sorria menos ainda.

Três semanas após, rádio e quimioterapia. A romaria infindável. A náusea infernal. A boina a esconder o terreiro na cabeça em que se desenhava uma foice por onde passeara um bisturi.

Seis meses, volta festiva ao trabalho. Indagava-se entre suspiros: "por quanto?"

Vésperas do aniversário do suplício, a marcha pesava mais. O ponto de interrogação recusava o médico, "pra quê?" A despedida final dos três filhos, ensaiada a cada noite, avizinhava-se. Arzelina desdobrava-se, inteira amparo e compreensão. Melhor que assim não fosse, que cobrasse dele o homem, às vezes pensava, "é muito triste ser inválido, digno de pena".

O sol levantara-se primeiro. Com a destra protegia-se da claridade na divisa dos meninos a caminho da escola. Virou-se para a volta, continuou rodando um rodopio maluco até cair junto com a mulher num estalar estranho de músculos, desembocando em arrancos apavorantes.

O teto branco. Os cantos quadrados. A cortina em fitas transversais. A cabeça estourando. O soro na veia. O lado esquerdo de chumbo. O desespero solitário no quarto cheio de gente.

Exames.

Os olhos vidrados do doutor:

— Lizandro, vou ter de mexer de novo na sua cabeça.

— De novo?

— De novo, é o jeito.

— É o fim?

— Não, não é o fim.

— Desta vez não vou andar mais!?

— É... não... acho que só vai ficar difícil.

— E com remédios, dá pra eu ter uma melhorada?

— Dá, sim.

— Faça isso, doutor, quero pelo menos mais uma pescadazinha no Araguaia.

Abóbora d'Água

> *Que quis? Antes da morte teve o gozo*
> *altaneirou-se em pávido colosso*
> *fez-se palmeira em píncaro azulado.*
>
> GERALDO H. CAVALCANTI

De cima do pau, de lá das grimpas, vejo longe. Vejo o longe da mata virgem que descamba na capoeira e, ali no meio, num limpado na beira do córrego, a chaminé que fumega, manchando o verde das bananeiras e do mandiocal da casa sem curral, sem paiol, sem carro de boi na varanda.

Casa pequena, pau-a-pique, portas da mesma arte. A parede, no rumo do quarto, barreada. Entre as varas transversas, amarradas com embira, os torrões de barro seco vendam os olhos dos meninos que certamente ouvem os gritos lancinantes da mãe barriga grande.

A voz de Sá Rosa, grave, meio roufenha pelo tamanho do papo, meio dependurado, meio de lado:

— Força, minha filha, em nome de Deus, força! A Senhora do Bom Parto que te ajude! Mais água fervendo e lençol limpo, seu Candim!

Já vira aquilo antes.

Desci do pau. A barriga roncava. Quebrei um jatobá, fazendo que nem um macaco. Mordi aquele cheiro que me lembra coisa indizível. Quebrei folhas secas sob os pés, ruidosas, segui o rumo da cozinha. Quente. Era outubro, não ventava. Suava, derramava. Chegando mais perto, escutei:

— Sá Rosa de Deus! Que sangueira mais danada! Ela está mais branca de que o lençol! Nem mais fala!?

— E adianta? Melhor ela não gastar mais força, Deus é grande! Nessa vida já perdi poucas. Deixa comigo. Pega lá uma boa pratada de pinga, uma colher de açúcar, coloca um galhinho de arruda, um pedaço de gengibre e taca fogo e deixa queimar. Quando tiver sobrando só a metade, apaga o fogo com um soprão, põe numa xícara e traz pra ela, esse sangue vai cortar na hora.

Despejou-se-lhe boca abaixo, entre um e outro soluço branco-arroxeado.

Espantei da cumeeira o acauã. Minha pedrada de bodoque tirou fogo no bico do seu agouro. Se eu tivesse acertado, talvez a danada não tivesse levado minha cunhada no seu canto, pois o continuou, lá do mato, em sonoroso e triste chamamento.

Sobramos quatro e a saudade. Candinho, meu irmão, Lurdinha, sua filha de oito anos, Zezito de seis e do meu colo, culpa da benzedura de um tratador, Elvécio e seu choro contínuo, chupando uma trouxinha de pano molhada em chá de funcho adoçado a mel de jataí.

Lurdinha tomava conta de tudo, da cozinha à lavação das roupas. Candinho, de sol a sol na roça da cabeceira. Chegava sempre mais preto de que a escuridão, desencoivarava. A queima não havia sido lá das muito boas, já meio tarde, pois a derrubada, a machado, atrasara: muita madeira grossa. Pra roçada, um mutirão, no tempo certo, havia ajudado bem.

* * *

Seu Zé Fidelis, homem direito, não dava folga. Quem morasse nas suas terras tinha de honrar o nome de homem. Não faltava mato pra arrendar, mas não perdoava um quiabo.

Eu, pirralho franzino, gostava mesmo era de viver trepando nos paus, armando arapucas, laços e caçando de bodoque. Sempre, quando Zelina ainda viva fritava uma carninha de pomba do bando, de juriti, jaó, jacu, melhorava o apetite da gente. Agora, minha vida era o Vecinho. Bem que eu gostava de arrastar meu cacumbuzinho fora dos achaques de dor de cabeça. Numas folgas da chorança do menininho, ajudava meu irmão abrir bocas escuras na terra preta e cinzada guardando nela uns grãos de milho.

Tudo que brota me fascina, não sei porque, talvez alguma tara. Pelas manhãs, arranjava sempre um jeito para umas fugidinhas até a roça. Ao nascer do sol, pisar a terra fofa, molhada, procurar aqui e ali uma dobrazinha de folha verde estufando-se num cone invertido, cheio de água de cristal, era como garimpar alegria, um bom no peito também brotava. Pé ante pé, cuidadoso, estacava-me extasiado ante cada cova mais robusta. Seguia sempre maravilhado a condensação do verde e o anelado das folhas. Meus olhos pertenciam ao milharal.

Passeei pelo talhão de arroz. Vigiei sua brotação espantando os danados dos pássaro-pretos que pareciam gozar das minhas pedradas. Até no chapéu do espantalho acabavam sentando.

Meu milharal já me cobria. No meio, estalava sob meus pés os talos cabeludinhos das folhas das aboboreiras. À amarelitude de sua grandes flores e suas abelhas atrevidas, a contigüidade do verdor liso das abóboras, algumas esbranquiçadas, outras rajadas, todas esbanjando o verde. Colhiaas aos montões, sob os protestos de Lurdinha, devia deixá-las amadurecer aos poucos.

Um certo gozo estranho apoderava-se de mim quando os garfos dos pés das canas do milho se mostravam. Garras fortes, tais fileiras de minhocas verdes, enfiando-se no chão untadas de um visgo de grumos de cristal.

Pequenas salsichas verdes pendiam da ramagem que tentava colorir o negrume da coivara grande, lembrança do mais alto jatobá daquela restinga. A cada dia, espichavam e espichavam, tão grandes quanto o berrante do seu Zé Fidelis. O molho destas abóboras d'água parece acudir-me com seu gosto atrás das orelhas, quando delas me lembro.

Vecinho roubava, como podia, meu deleite com as suas dores de barriga, sua cagança verde e seu infuso de macela que cuspia sempre, encharcando minha cara. Apesar de tudo, crescia, todo mundo crescia, menos eu e minha fraqueza de estômago. Vez por outra, segurava como podia até estourar-me num jorro violento de arroz com feijão, emporcalhando o chão batido da beira do catre. Saía coisa pela boca, pelo nariz, e parece até que pelos olhos. O cheiro acre fazia revirar minhas entranhas até o último favo de lima-de-bico ou um vermelhinho de melancia.

Algumas épocas de pamonhas vieram e ficaram no meio das palhas secas.

Cada ano dobravam-se os pés de milho maduros, na virada das espigas, protegendo-as do encharque das chuvas tardas e, mais ainda, para o alcance das gavinhas trepadeiras dos pés de feijão.

* * *

Lurdinha e Zezito, ela aos doze, ele aos nove, tinham de aprender a leitura. Numa varanda do paiol do dono das terras, um que se dizia soldado PM desertor, ensinava o que sabia dos livros. Não sei se por isto ou por outras necessidades Candinho trouxe pra dentro de casa dona Xuxa, morena meio fechada, beiçuda, peituda e bunduda. Cheia, mas não gorda. Seus cabelos negros desdobravam-se em catadupas ondulantes até lamber os ombros fortes e largos. Tinha os olhos miúdos e famintos, faziam-me tremer em oferenda muda que jamais conferi.

Eu, homem quase feito, nem sei se algum dia acabei de me fazer, mourejava no cabo de guatambu, de sol a sol, agradecendo ao irmão que me criava. Minha cara de menino me incomodava, crescera pouco. Os da minha idade fumavam e tinham bigode, ocupavam-se da barba, cada um tinha sua navalha *Solingen*. Bebiam cachaça. Brigavam nos pagodes, tinham namoradas, dançavam. Eu e minha magreza, minhas maleitas, meu buço negro sob o nariz fino. Desistira de furar bananeiras escondidas e meter o pinto, pois dizia-se que aquela nódoa faria crescer cabelos no saco.

Meu irmão, depois desse casamento arranjado, conversava menos comigo, ficou mais sério, deitava-se cedo, logo depois da lavação dos pés. Vecinho, minha sombra lançadeira, lançava mais de que eu, no meu tempo. Amparava sua testa medrosa e suarenta quase todas as noites nesse mister. Não me chamava antes de medo do chá de mentrasto com sal que desempatava logo a coisa. De pena, às vezes lhe dava só o chá de aroeira. No meio da cozinha, um providencial esteio fornecia os cavacos do amargume, acabou por ostentar marcada cintura avermelhada.

A leitura não era mesmo o meu forte. Lurdinha tentava todas as noites. Passou-me sua Cartilha da Infância que acabou desmanchando-se em minhas mãos e eu não passei da lição da "vovó viu o ovo". Nunca me esqueci disso, mas aprender mesmo, nada. Ela era linda. Seu corpinho magro estufava-se pra toda banda, arredondava-se e ela se empinava a cada dia mais. Dona Xuxa não a tolerava, mas acabou dando-lhe um batom vermelho escuro, acho que para não jogar fora. Sabia ajeitar-se. Jogava os cabelos louros assim meio de lado, presos num laço de fita vermelha ou numa flor do quintal, gostava das bem grandes. A boca pequena com aquele batom parecia mesmo um botão de rosa vermelha.

O professor soldado, de um dia para outro, sumiu, nem levou as roupas, só a do corpo e a que estava no seu quarto.

Ninguém entendeu, nem menos seu Zé. Diziam, desertor é assim, vive correndo da sombra.

Abril, final das colheitas. Restava o feijão para o frio de junho. Eu me dava mal naquelas madrugadas, as mãos sangravam na arrancação de pé por pé até formar as leiras e depois as bandeiras até o terreiro da bateção. As bandeiras esparramadas num limpado nos momentos do sol quente, cada um de nós e uma vara verde a surrar a ramagem seca estourando as vagens possíveis e impossíveis.

As nuvens vermelhas e seus desenhos malucos ao pôr do sol fascinam-me e naqueles tempos de roça o céu simulava muito mais fantasmas. Jacarés imensos, de bocas escancaradas e vermelhas, lentamente se esvaeciam, transformando-se em tamanduás de braços abertos. Bois chifrudos se perdiam momentos depois, transformando-se em pacatas ovelhas.

De repente, naquela manhã bem limpa: "Sua sem vergonha, você não presta, não sei a quem puxou e agora!? Eu, como besta, pensando que esta barriguinha fosse gordura, essa foi muito boa". Ouvi com o pé da língua dormente, Candinho não era daquilo, aproximei-me da porta, ouvi as lamúrias de Lurdinha:

"Perdão, pai, eu não tive culpa, foi uma vez só, ele me agarrou quando eu urinava atrás de uma moita de bananeiras, na hora do recreio. Nem vi direito, me tampou a boca, me jogou no chão, me enforcou, acho que perdi os sentidos, quando me dei fé estava machucada e suja de terra. Fiquei com medo de contar. Ele me falou que se contasse me mataria, que ele já matara muita gente. Falava todos os dias que queria casar comigo, mas nunca dei liga. Quando desconfiei da barriga, falei-lhe, aí anoiteceu e não amanheceu! E agora meu pai?"

— O que Deus ou o diabo quiser... Filho da puta!

Candinho não mais fez a barba. Taciturno, não falava com ninguém. Pagou o arrendamento das suas roças, guardou a sobra e andava a esmo pela mata. Tia Ilma, nossa irmã mais velha, morava distante umas duas léguas, bem casada, fazenda boa, muito gado, vivia enchendo Lurdinha de presentes, nunca deixou cariado nenhum dos seus dentes, enquanto os meus, cheios de panelas. Meu irmão tomou coragem e foi até lá, dava para ir a pé. À tardinha, chegou montado num belo cavalo baio. Arreata bonita, pelego vermelho, grande. Atada à garupa, a mala da capa, ao lado, enrodilhado, um laço trançado, de couro. Na frente, à direita, pendia uma papo-amarelo encapada. Estranhei.

— O que é isso, Candinho?

— Vou fazer uma viagem pra sua tia.

— Viagem? Pra onde?

— Pra longe, receber uma conta de uma boiada que o comprador não pagou, só sei que é para o lado de um tal Curralinhos.

— Você vai quando?

— Amanhã de madrugada. Depois de amanhã vem um carreiro dela buscar uns mantimentos que vendi, dois carros de milho e sessenta sacas de arroz, já recebi. Quero que você tome conta da casa até eu voltar, se voltar, se não, acabe de criar seus sobrinhos.

— Por que você fala isto?

— Por nada, macho deve fazer o que deve e viver enquanto pode.

Não quis continuar a conversa, não respondeu mais nada, calou minhas perguntas.

A madrugada fechou-se atrás do baio até sumir sua silhueta dançante como um fantasma embrulhado num lençol branco.

A barriga de Lurdinha estufava e estufava, dava-se de ver seu umbigo cutucando o vestido. Engordara. Seu rosto, uma abóbora vermelha com um nariz de tomate. Nada mais da menina magra de bundinha rebitada, toda empinada.

Uma nova noite de Sá Rosa e de seu papo suado. Água fervente, lençóis passados a ferro no momento. Corre-corre. Xuxa e as bacias d'água. Choro débil, parecendo miado de gato novo. Eu e os meninos, proibidos, sentados na beira da bica. O céu de lua nova multiplicava as estrelas, delineavam-se as covas de Adão e de Eva, duas manchas brancas de pó de estrelas ao lado da estrada da Via Láctea. O movimento da casa espantava o sono. A menina, enrolada, só de fora o rosto, um corozinho de pano, ao lado o desassossego de Lurdinha e seu riso cansado e sem graça.

Meses de incertezas e de saudades. "Será que ele volta?" - perguntávamos ao vento. Respondia um pássaro: "Bem te disse! bem te disse!"

Tempo de chuvarada. A noite desandava. Relâmpagos indiferentes chicoteavam o céu em ribombos formidáveis. A candeia da cozinha, desaprumada, riscava o escuro com bolas de fogo, imitando estrelas cadentes. Os meninos, sobre as camas, benziam-se a cada clarão: "São Jerônimo, Santa Bárbara, Virgem Mãe de Deus!"

— Ô de casa!

Mal ouvimos.

— Ô de fora!

— Sou eu gente, estou de volta!

— Candinho!! Papai!!

O abraço molhado da capa Ideal todo mundo quis.

Lurdinha e a menina nos braços, encolhida, medrosa, chorosa.

Jogo de Ronda

A barba dele pingava, mechada em branco, escorria a meio caminho do peito. Jogou de lado a capa. Caminhou para a filha.

— Dá cá minha neta, filha de pai morto.

Ninguém ouviu nada, nem o silêncio da noite, nem o fundo do rio fundo onde nadava um ventre cheio de pedras.

Nem, uma Paixão

> *Esta é a declaração de um segredo*
> *proibido pela inutilidade e pelo descuido.*
> *Segredo sem mistério nem juramento*
> *que só o é por indiferença...*
>
> JORGE LUÍS BORGES

O quintal, comum. O rego d'água comum, despejando um pouco para um e o restante para o outro. Pai e filho, o tio e o avô. Mas nem sempre foi assim.

Ele, seus quinze anos e seu sol quente, pervagantes.

Ao vadear um pé de bica, lá estava a imagem dos seus sonhos. Assustaram-se, ela mulher, ele menino. Algo de passado ou de futuro ajuntou-os. Ele seguiu, ela seguiu lavando roupa e ficou. Marcas indeformáveis ficaram.

Um professor, o padrasto, ocupara uma das casas, magrelo, alto, de dentes compridos e espremidos na boca emurchecida e fumacenta. Provocava-o com seus problemas de aritmética, ele, ingresso no ginásio.

Rodamos todos na grande roda do tempo e dos destinos.

Borba, ex-combatente na Itália, levantador de paredes, enlevava-o com suas bravatas de Montecattini e Montecastelli, corpos varados ou estraçalhados, sangue e fumo, choro e medo. O menino admirava o ex-soldado, gostava de sua conversa, procurava-a, sempre que de férias, na sua casa ou dos tios, beirando paredes, cheirando massa com sabor de valentia.

O herói e seu bigodinho insolente como uma escovinha preta atravessada sob o nariz recurvo. Não quis mais estórias de trincheiras ou de granadas. Imaginava sempre aquele nariz de pimentão cheirando sua Nem, no rosto de anjo, no cangote liso ou nos seios arrebitados.

Soube que se casaram, o soldado e seu sonho. Felicitou-se muito tempo depois. O desfecho, ela estéril, ele queria herdeiros.

Tio Miguel, fazendeiro rico, um punhado de filhos e de mulheres.

Armando, engenheiro recém-formado, gostava das estórias do tio, de suas riquezas, de suas namoradas, uma em cada fazenda, uma em cada pousada. Exultava, mas tinha um pensamento fiel: mãe de seus filhos, só uma. Não queria a Nem para si, nem para ninguém, mas guardava-a num sacrário dentro do peito. Ela vivia distante, nos seus quatro anos a mais e de segundas mãos. A sua seria só sua, inteira e indivisível, desde o começo dos tempos.

Numa loja, um dia como um qualquer, ela! Mas era!?

Olhou-o, sorriu o mesmo sorriso inseguro, medroso, os mesmos olhos ariscos, de pomba-rola desconfiada. Um aperto quente de mãos geladas. Havia algo! Olharam-se de cima a baixo. Ela, um pouco quadrada, perdera a sinuosidade dos quadris. O rosto, o mesmo — de anjo —, embora, ensaios de marcas travessas ao sorrir brincassem nas margens dos olhos. Não sabiam o quê, mas uma força incoercível os unia, um ímã irresponsável de algum solenóide das eternidades, algo incompreensível.

Mil vezes visitou sua casa. Casa grande, amarela, porta comprida, muitas janelas pra rua esquecida, numa esquina morta. Nunca bateu, nunca entrou. Sua coragem fugia espavorida.

Um dia falou ao tio de sua paixão.

— Pois vamos lá agora!

— Não tio, vou dizer o que?

— Que você foi vê-la.

— Por quê?

— Ora, deixe comigo, vamos!

A mãe, a mesma. Olhos e nariz de águia. Farejava sorrateira cada gesto de cada um deles. Morena, baixa, quadrada, sem bunda.

— Trouxe aqui o Armando, diz que gosta muito de você, mas nunca teve coragem de vir aqui e vejo que ele tinha razão quando disse que você era muito bonita.

— Bondade dele e sua, seu Miguel.

— Não, não é não.

— Obrigada.

Tomaram café, a nariz de águia fez. Não tirava do seu tio os olhos de rapina, farejava algo. Falaram sobre o padrasto morto. A conversa foi curta. "Voltem sempre", o coro das duas.

Armando também tinha algum faro. Teve certeza de que seu tio tinha voltado lá, pelo que sabia dele. Nem estava linda e livre e não tinha nada do que viver, a velha e seu nariz de águia farejavam dinheiro que, no seu tio, sobrava.

Hoje vou, pensava. Levantou muita poeira da esquina perdida. Nada!

A telefonista, "doutor Armando, Nem na linha 2".

Quase caiu, engoliu seco, a sequidão de muitos anos.

Lua encoberta, noite de chuva fina. Encontraram-se numa rua sem nome, numa esquina escondida. O carro era grande, ela entrou apressada: "Vamos, tem uma pessoa que tem me ajudado, mas está difícil, me vigia o tempo todo".

Estrada deserta, de terra vermelha, molhada. A chuva fina viu, enroscaram-se como duas cobras em ferrenha luta. Todas as ânsias de todas as paixões desabrocharam, afogaram-se no lago azul dos desejos guardados. As nuvens cederam a vez à lua cheia. As estrelas desfalecidas participaram dos delírios longamente reclusos.

A madrugada dourou a despedida saudosa.

Ele e sua ronda interminável. Nunca mais a viu nem ouviu.

Outro tio, morador das proximidades da rua perdida, encontrando-o:

— Você se lembra da Nem?

— Claro!

— Pois é, morreu com mais de vinte facadas de um namorado ciumento.

Cabo de Enxada

Como lamentar quem vive como gado?
Só o grito emparedado na garganta e
o barulho da revolta em trovoada.

LÍVIA MONTEIRO

Meio do tempo, meio da tarde, meio de vida.

Dia calorento, apertado; muita gente, muitas queixas queixentas.

Consultório médico é assim mesmo. Gente simples, gente complicada, gente velha, gente nova. Sobre a mesa, algumas fichas, a próxima, Sebastiana Alves. À nomeação, entram dois senhores. Não me arrisquei, nome é uma questão de gosto. Perguntei o nome de um, Elisiário, respondeu solícito. O do outro, Geraldo, um nome demorado e desanimado. Aparência rural pelos jeitos e trajes.

— E dona Sebastiana, quem é?

— É a mulher dele, doutor.

— Bem, mas e a consulta é para ela ou para o senhor, seu Geraldo.

— É pra mim e pra ela, doutor.

— Tudo bem, mas o que está havendo?

— Muita coisa e pouca coisa, doutor.

— Sim, mas...

— Doutor, o negócio é o seguinte — intervém Elisiário — a consulta é pra mulher dele e também um pouco pra ele. O compadre é meio cheio de avexumes e o problema dele é complicado como o senhor haverá de ver.

— Sim, — olhando Geraldo.

— Bem, doutor, é minha mulher, ela é barra...

— Barra como?

— Eu não dou conta dela.

— Não dá conta?!

Elisiário não se agüentava na cadeira, dava de um lado, dava de outro, doido para entrar na estória, até que não se conteve:

— Doutor, o compadre parece que vai demorar a desembuchar e o senhor tem muito o que fazer. A mulher dele é uma parada feia, só o senhor vendo, nem deixa o pobre homem trabalhar.

— Não deixa?!

— E não deixa mesmo, veja a cara do coitado, amarelo, magro, descrente de tudo, não sei como não está cochilando! Tem uma rocinha vizinha da porta, tá na hora da capina, a roça tá numa praga danada, o homem dá duas, três enxadadas, se escora no cabo e dorme, isso enquanto a mulher não aparece. O senhor só vendo, não é assim, compadre?

— É, ela é dureza mesmo.

— Conta! Conta, compadre que você não dorme direito, que mal tem tempo de comer, — conta você!

— É doutor, só o senhor pra dar um jeitinho pra mim, um remedinho pra sossegar a bichareda. A mulher é um trem de doido. Vou entrando no quarto, seja pra o que for, ela vai arrancando minha roupa e me jogando na cama e aí ela sobe por cima mesmo e larga brasa. Ela pula pra cima, pula de banda, ela grita, desce da cama, sapateia, dança e cai de novo por cima, não agüento isso mais não. Nem adianta falar que isso faz mal depois da comida, nada resolve, é mesmo como o compadre falou: se estou na roça, daí um pouco ela bate lá e é aquela peleja, "só um pouquinho, só um pouquinho, vamos?" e vai me arrastando pra dentro, e o pau come!

Jogo de Ronda

Geraldo, a máscara do desânimo. Barba a meio pau. Emagrecido. Olheiras fundas. Vivia correndo da sobra que muitos procuram. Não sei por onde andou, nem desandou e nem se conseguiu pingar no café da manhã minhas vinte e cinco gotinhas até que ficasse toda dura, como gostava.

Sina

*Refleti sobre a criação de Deus, mas não sobre
Sua natureza, senão perecereis.*

Tradição Islâmica – Hadith

A cama tarda agradava-o. Por que levantar-se com o sol? Não era mesmo dia de trabalho, levantava-se com ele havia alguns anos. Na verdade, despertou-se antes do raiar do sol. A juventude um pouco grisalha lhe conferia um ar especial de respeito.

Não se recordava de que tempo as madrugadas visitavam-no com alguma dor de cabeça. A cama, então, passou a dispensá-lo mais cedo, se se levantasse, melhorava.

A companheira, amada-amante prestimosa, batalhadora incansável, desfazia-se na máquina de costura, gostava daquilo, vivia como se eterna a vida fosse. Mas ele, meio turrão, encarava o mundo a seu modo, sabia de si, de tudo, se a cabeça doía, era do fígado. Regrava os jantares, mas não valia.

"Os médicos de hoje não sabem nada, meu dinheirinho suado é o que eles não vêem fácil", dizia.

O casal de filhos, absorvia-os, quando não nos deveres escolares, no interminável leva-e-trás de muitas escolas. Acácio tinha medo, uma filha de treze e um filho de onze anos. "Quem vai tomar Cíntia de mim? Nenhum homem deste mundo a merece. Não, não, ninguém irá tocá-la assim de graça!" Perguntava-se: "O que se passa nessa cabecinha loura? Morro de enjôo quando algum sem-graça pergunta se já tem namorado".

Sua cabeça doía e doía cada vez mais, já não respeitava as madrugadas e nem o chá de boldo cada vez mais amargo.

Numa noite sonolenta, quente e seca de primavera, Honorina sonhava que chovia em todo o quarto, goteiras e seu ruído fofo no carpete.

A luz apressada! O marido, aquela água verde de cheiro acre expelida a cântaros de sua barriga sonante, encovada, em singultos violentos, escondia-se nos entremeios do piso.

Segurou-lhe a testa grudenta. Entre tossidas e arrotos estranhos, livrava-se dos resquícios nauseabundos de suas entranhas.

— O que é isso, benzão, o que foi!?

Após um profuso raspar de goela e boa cusparada, Acácio, lacrimejante e pálido: Um pesadelo horroroso! Me dê cinqüenta gotas da sua Dipirona, em pouca água, pra eu ver se ficam no estômago, minha cabeça estoura! Nem vi quando vomitei, emporcalhei o quarto, que coisa!

Com um arrepio e o esgar natural do ingerir do remédio, limpando com as costas da mão a boca molhada:

— Sonhei que uma figura estranhíssima, envolta em um manto rosa-choque, encostava, com a mão esquelética, na minha boca um cálice de prata com um líquido cor de sangue. A voz de folha seca sem cor, sem timbre, sibilava: "Bebe... bebe... bebe o licor do fim do mundo!" Os olhos de fogo chispavam numa cara de gente com orelhas, barbas e chifres de bode velho, o resto, inteiro bode, menos as mãos. Aquilo toureava minha boca sem rumo. Minha fala, não mais que gemidos roucos. A língua, amarrada aos dentes. Aquilo, com a destra, estalava um relho de fogo em lampejos incandescentes.

— Coitado de você, benzão!

— Aquela voz incrível continua rodando dentro de minha cabeça como a bolinha de uma roleta, numa dor insuportável.

Também pudera, em dado momento a coisa falou: "Ouça a roleta dos destinos, sua sorte está lançada, vim buscar sua alma impura!", meu estômago estourou como um vulcão.

Jogo de Ronda

A cabeça doía-lhe constante a partir de então.

O médico, figura esquisita, esquálida, de olhos miúdos e brilhantes a lhe lembrar os do sonho.

Não foi nem um pouquinho com a sua cara. Falava baixo, falava pouco, não sorria, parecia esconder algo imiscuído à fala pobre.

Transitou por uma sala gelada, onde, deitado, meio atado, um barulho de britadeira de uma espécie de túnel cuja entrada lembrava-lhe beirada de bacia, incomodava-se.

Comodista, irritava-se fácil.

Refugou a internação urgente, preferia gente mais habilitada, confessou à esposa, não confiava naquela magreza semi-muda.

Arlinda, sua mãe, tinha nome e jeito de feiticeira, uma corujinha de olhos assustados e penas gastas, não encarava o magro, restava a ruminar mudas discordâncias, ainda mais, tinha parentes influentes na capital.

Lá se foram carregando a magra sentença: há um tumor no cérebro que precisa ser tirado, quanto mais rápido, melhor.

Doutor Franco, temperado na sua fibra de interiorano, não se abalava ante as dúvidas de seus consulentes, na sua sabedoria do cerrado.

Apagou-se-lhe da memória, em poucos dias, o fato. Tinha por hábito, às quartas-feiras, dedicar-se aos menos favorecidos. Seus olhos, muita gente não suportava encarar, pareciam vasculhar os recantos das pessoas como se passeasse pelos porões de cada um, onde guardamos nossas fraquezas. No cenho carregado, parecia esconder algo estranho.

* * *

Honorina, empalidecida, cerca-o à entrada do hospital:
— Doutor, meu marido piora a olhos vistos, nem assina o nome, fala enrolado e anda com dificuldade. Nem comer dá conta mais, com a mão direita.
— Não foi operado ainda?! E o médico da capital?!
— Não sei não, disse que em poucos dias estaria bom, que era um derramezinho sem importância, já passa de dois meses e cada vez pior!
— Não é derrame, é um tumor, tem de ser operado.
— Mas a família e nem ele querem, doutor, não acreditam em médicos daqui!

* * *

Os carros continuavam nas ruas, impertinentes, buzinantes. Os filhos e todos mais escolares no seu ir-e-vir atarefados. Gente morria, gente nascia. Os namorados namoravam, trocavam juras indiferentes. A roda dos sofrimentos rodava carregando lágrimas e desenganos nas engrenagens dos destinos, nada saía do seu curso.

"Doutor Franco, emergência", ecoa pelos corredores longos e brancos.

Acácio estirava sobre a cama toda sua indiferença pelas coisas deste mundo, olhos entreabertos, secos, pervagavam talvez à procura dalgum porto. O respirar fundo e ruidoso inundava de tristeza a claridade da sala. Os olhos de Arlinda brilhavam estranhamente, quais os de gato enlouquecido. Um terço de contas negras pendia de suas mãos manchadas pelo tempo. A palidez de Honorina ajeitava teimosos fios de cabelos, precocemente encanecidos, do marido, grudentos de um suor pegajoso.

O Doutor, todo em branco, de mansinho, como que flutuando no ar, compôs a solenidade do momento. Não falava, nem tinha boca. Olhos de fogo. Após a mão direita sobre a cabeça suarenta. Fez-se horripilado, como quem fosse eletrocutado num divã de gelo. Atrás, contrastando com sua roupa, a tênue umbra de um monge em vestes negras, cabeça encoberta até o rosto por um capuz pontudo, com a destra, apontava para cima, na sinistra um cajado, vez por outra, parecia reluzir em sua ponta um cutelo grande.

— É passado, dona Honorina, não posso mais nada!
— O senhor não vai operá-lo, doutor?
— Não há mais razão.

Cerrou os olhos, como seu hábito, girou sobre os pés enquanto roçava seus ouvidos o piar de um pássaro canoro, cálido e macio, como o zéfiro das noites altas:

— Salve meu pai, doutor!

A resposta muda pareceu embrulhada em vozes do outro mundo, um eloqüente olhar de fogo de olhos nadantes, um brando gesto de mãos, cerrando atrás de si a porta dos adeuses.

* * *

Nihil novum sub sole, se disse. Falou assim também um pássaro madrugador ao romper de uma longínqua aurora. Mas no centro de cada um, tudo é novo, quando não, se renova. Vagamos ao sabor do mundo, de suas leis insondáveis. Deus não interfere e nem pode. Só por que alguém pede? Seria injusto para quem jamais tem coragem de levar tão alto mesquinhas rogativas ante a magnitude divina.

A cada um o que de cada um.

* * *

— Doutor, tenho tido muitas dores de cabeça, passam com remedinhos de sinusite, mas logo voltam. Depois do falecimento do Acácio, minha vida é chorar, será que pode ser por isso? O otorrino diz que a radiografia é muito clara, simplesmente sinusite.

O sem fala ouviu, reticente:

— A arte médica é traiçoeira, dona Honorina, vamos a outros exames.

A tarde era quente. Verão sem chuva, sem ventos, ela chegou.

— E aí, doutor?

— Tenho de tirar um pedacinho de dentro do seu nariz. Não vai fazer falta — sorriu discreto.

— Por que, doutor?

— Para a gente examinar sob microscópio.

— Tudo bem.

O verão continuou quente, o sol, cada vez mais perto da terra. Trovoadas mentirosas ressoavam soturnas, às vezes.

O chão molhado cheirou esquisito. Terra, terra que guarda gente no seio morno, sob pingos de quase lama.

— Doutor, três meses e eu, piorando.

— Não tenho como e nem posso forçá-la ao que propus, mas é preciso.

— Não quero saber de operação, chega!

— Chega de quê? De conversar? Infelizmente nunca fizemos cirurgia nenhuma.

— Não tenho coragem, parece que algo me prende. Sei do risco de passar da hora como meu marido. Acode-me, às noites, não pertencer a este mundo. Sonho, com freqüência, com ele, dizendo que não vai me deixar aqui, que onde está é muito bom. Apavoro-me pelas crianças, por mim até que não. Quando penso nisso, ouço a voz dele dentro da minha cabeça: "As crianças, a providência proverá, têm avós". Não sei, não, estou assustadíssima e ao mesmo tempo desejando morrer. Numa dessas noites, de repente, me vi com o gesto do meu marido, de testar a visão, ficar passando a mão diante dos olhos, num vaivém demorado. Não sei se faço isto desperta ou se dormindo. Por outro lado, parece que há uma fumaça toldando meus olhos.

— Mas se a senhora continuar renitente assim, não sei no que vai dar.

— Eu não posso, não dou conta!

Desabou em lágrimas convulsas, sem rumo, qual pluma ao vento.

* * *

As chuvas lavavam os pecados do mundo. Relâmpagos coruscantes vigiavam aquela tarde. O doutor ao telefone:

— Quero vê-la.

— Eu não posso.

— Tem medo de mim?

— Tenho verdadeira adoração pelo senhor, mas não consigo. Sinto-me atada a não sei quê, talvez ao Acácio ou à minha loucura, cada vez mais insistente em me levar. Não suporto mais as dores de cabeça. Sinto-me intoxicada de tanto analgésico. Perdi muito peso. Minha visão está péssima, não vejo quase nada mais, e só de um olho.

* * *

O doutor e seu silêncio indagativo: "Deste nosso mundo, não sabemos nada! Nada! O homem vai acabar levando seu anjo. Cada um escolhe mesmo seus caminhos. Ele ignora! É muito grande para se ocupar de nós como Suas centelhas. Fazemos parte de Sua natureza, crescemos dentro Dela, somos aparentemente livres, cada um é o gerente de si mesmo, créditos ou débitos, acertamos ante os tribunais de nossas consciências, cada um, no seu livro-caixa. Caminhamos neste mundo à mercê da própria sorte, pisando os acasos, talvez eu não passe de rude monista".

* * *

O mês de todas as dores rolou célere.

Ela e o seu tempo seguindo seus passos esperando a hora, nem antes, nem depois: no momento certo.

Um duende cambeta? Alguma figura aterradora brotada de algum sepulcro mal guardado?...

O anjo-mulher abandonou seu ser.

Um pano atado em volta da cabeça, segurando todos os desesperos, arrastava-se. O lado direito, de chumbo. Compunha com sua empregada, terrificante dueto. Um olho vago pervagava estufado, congesto, à procura de uma sombra.

Na expressão pálida, todos os peditórios deste mundo, mas ninguém sabia o quê ou a quem, talvez ao momento certo. A mão esquerda segurava o outro olho com um manojo de tecido úmido amparando uma bola de sangue, quase pendente, vomitada pelas pálpebras escancaradas, qual asquerosa boca expelindo o próprio corpo. Uma casca escura velejava na ponta romba onde vigiara uma pupila negra emoldurada de azul celeste que tecera as imagens da vida naquela mente angelical.

A mudez do doutor deu o que podia.

Enfermeira Estela

> *De só sentir a terra e o céu*
> *tão belos ser.*
> *Quem de si sente que perdeu*
> *a alma pra os ter.*
>
> FERNANDO PESSOA

Anos 60. Capital mineira, tradicional família. Tempo de frio no mês de julho arremedava São Paulo. Céu brumoso, garoa fina, gelada.

Osmano, zeloso funcionário da Rede, manipulava sua Remington, sonhava com "em casa" naquela tarde preguiçosa.

Margarida aproveitou o dia garoento, parecia até que ninguém via ninguém, pensou, "dia de sol arregalado é pior, hoje dá".

— Dr. César? Tudo bem? Olhe, hoje pra mim dá. — diz baixo ao telefone, olhando a porta da cozinha.

— É?!

— É.

— Lhe espero, como combinamos, no estacionamento do mercado, tá? Um beijo.

— Tá, outro. Até já.

Tremia, não só de frio. Arranjou-se apressada.

— Rita!

— Senhora!

— Vou sair!

— Onde a senhora vai?!

— Vou ver uns sapatos lá na Afonso Pena. Vai começando o jantar, chego antes dos meninos e do patrão.

— Vai com Deus!

O amém saiu atrasado, descaído pela pressa.

O ônibus escorregava lento nos paralelepípedos. Até o limpador do pára-brisa parecia preguiçoso. O coração batia na goela, batia forte. Revia as cenas do consultório. Dr. César era homem fino, cheiroso, diferente do seu, lambão, fora de moda, será que daria conta da promessa?

Desde a "desligação", nunca mais gozara. Recordava, parecia encaminhar quando ele, em abraços desmedidos, aos beijos, suspendia devagar seu vestido de seda, acariciando-a, não além do que o local permitia. "Chega!", Dizia ela, "consultório é lugar santo, não é pra estas coisas". Sabia, ele adorava vestidos de seda, como falava: "Vê-la passeando frouxa dentro desses vestidos maneiros, meio folgados, é uma loucura".

Não podiam se trair. Osmano, desde o aniversário do compadre Quinca, ficara desconfiado, reclamara muito, arrematando "e não gosto nadinha do jeito desse biltre de doutor César passear os olhos nessas minhas guerobas emparelhadas, além do mais, você não sai daquele consultório, parece que vive doente". "Você sabe muito bem por quê. Quem mais reclama?", respondia.

Zeloso, desconfiado, vigiava como podia os passos da mulher. "Será que essa coisa de geladeira não é só comigo?"

Admirava tudo nela, seu maior deleite, as pernas bem feitas, delirava ao vê-las perfeitas, sob o cinza das meias, suas guerobas emparelhadas! Ela sabia, sabia de tudo.

Robusta, nem alta, nem baixa, peitos e quadris salientes. Morena meio fechada, lábios carnudos, sempre realçados a batom vermelho. Cabelos afuazados, anelados, tecendo um balaio negro adornando o rosto bem cinzelado da mulata maneirosa, compondo um perfil sensualmente atrativo.

* * *

A promessa do doutor de fazê-la gozar rolava na cabeça. Recriminava o marido, que a modo de galo, acabava o serviço, rolava de lado e roncava. Não sabia nem começar nem terminar. E o doutor, seria como os artistas de cinema? Bem que podia.

No local aprazado, o Chevrolet 52 preto encolhia-se. Conferiu a placa, não via ninguém lá dentro, mal um vulto, as gotículas d'água nos vidros embaçavam tudo. O vulto tombou de lado e destravou a porta.

Respingando, entrou. A sombrinha meio que engarranchou na porta, os respingos teceram manchas transparentes no vestido, agigantando a volúpia do doutor.

— Oi!?

— Oi!

— Onde a gente vai, doutor?

— Deixa comigo. Uma amiga, na rua Teófilo Otoni, cede-me, quando preciso, um quarto no jeito.

— O quê? Amiga!?

— Não tem nada, não. Ela nem vai ver você.

Sentou-se escorregada no banco, meio de costas para que ninguém a visse, pois, de dentro, via-se tudo.

A emoção acelerava o momento e travava a conversa pouca.

O portão esperava. Carro na garagem. O doutor desceu. Voltou logo.

— Tudo certo, pode vir.

Um corredor comprido, dava numa copa, uma porta aberta à direita. Cama de casal, bem arranjada. Cheiro de incenso. A janela de vidro, travada. A cortina cor de sangue tingia tudo com a cor do pecado.

— Gostoso, não?

— Muito.

Quem falou? O sedento espaço colorido, o instante?

Bocas sôfregas, lambuzadas de gosto de batom. Dois corpos atritando-se, o vestido de seda, liso que nem barriga de cobra, escorregava, até que se deitou no chão. Palavras ininteligíveis, mordidas. O momento gritava palavras claras!

Rolaram sobre a cama, não vendo que o vermelho era vermelho.

Mordiscadas em mamilos tesos. Beijos profundos de línguas insolentes.

Ele comportou-se "como no cinema". Carinhos desmedidos mantiveram-se. Lambidas. Atitudes imprevistas.

Por longos minutos, Dr. César trabalhou todos os seus recursos, até que ela reclama roufenha:

— Ai!... ai... aiaiiii... minha cabeça!

Um gemido-grito estranho, como de pavão. A boca aberta se torce para a direita! Os lábios, como tentando cobrir os

Jogo de Ronda

dentes, afilam-se trementes. Os olhos, num maluco pestanejar. O corpo se retesa, verga-se para trás, de tanta força as juntas estalam como as de cabrito. O doutor, como um boneco de cera, transido, assiste estupefato. Nu, ajoelhado, como numa prece impudica sobre aquele corpo molhado, protege-o até o final da cena macabra, segurando sua aventura como pôde.

Rumina, "meu Deus, que coisa mais louca, e agora? Estou fritinho da silva. E minha mulher? E se esta acabar morrendo?! E o diabo do marido?!"

Vestiu-se sem ver. Gravata escorrendo do bolso sem tempo de cair.

Dona Santinha e sua branca ajuda.

Margarida enfeitando o banco traseiro.

— Moça! Encontrei esta mulher caída na rua. Por favor, depressa!

Chamando de lado o colega de plantão, enquanto a paciente era esparramada sobre a maca apressada, confessa:

— Ricardo! Ninguém pode saber que eu trouxe esta dona! Diga que foi um qualquer, dê um jeito! Ninguém pode saber que fui eu. Depois te conto.

Palavras rápidas.

— Cai fora então, darei um jeito!

— Tchau hein, Deus lhe pague!

Jogo de Ronda

— Estela, quando o marido desta dona chegar, diga que foi uma senhora que a trouxe, que a viu sentir-se mal numa loja e a deixou aqui. Saiu sem deixar nome ou endereço. O carro você não viu, certo? Converse tudo direitinho com a Ilka e o porteiro. O cara é meu amigo e colega. Acho que estavam numa boa e ela entrou em convulsão, tem pinta de aneurisma.

Enquanto falavam, o Dr. César, cabelos gotejantes de suor e de chuva, entra apressado pelo saguão da emergência. Dependurados em dois dedos de uma das mãos, um par de sapatos, da outra, uma calcinha:

— Coisas dela, ia me esquecendo!

Papai

> *Teus beijos são de mel de boca,*
> *são os que sempre pensei dar.*
> *E agora minha boca toca*
> *a boca que eu sonhei beijar...*
>
> FERNANDO PESSOA

Um botequim como qualquer outro. Mesinhas separadas; cada, quatro despretensiosas cadeiras de plástico. Aqui e acolá, duas ou mais mesas ajuntadas em grupos tagarelas. Garrafas nevadas, copos espumados, meados ou cheios. Gargalhadas. Vozes soturnas de casais escondidos. A mulher, vestindo barato, cabelos negros em desalinho, joelhos afastados. Sandálias brancas, empoeiradas, destra sob o queixo curto, brinca, distraída, olhando o tempo, de rodar o copo.

Jogo de Ronda

Olhos vagos, desconfiados, obumbrados pela fumaça branca, fumaça de cigarro, soprada de propósito, de frente.

— Você vai voltar pra casa?

— Não, quero um tempo.

— E os meninos?

— Arranje-se.

A entrada não diz nada. A mureta desfaz-se na parede do salão recuado. Há um pátio descuidado. Pilhas de velhas tábuas vigiam. Tijolos amontoados do outro lado. Chão de terra batida. No fundo, vivido por um breve socalco, como que uma garagem coberta, o vestíbulo.

A porta principal, esguelhada, não se vê da rua. Pouca luz, mas a luz mortiça é acesa no meio do céu. Mesas forradas de xadrez em vermelho e branco encardidos, esburacados de leve.

O homem sentado; ao lado, a menina. Magro alto, cabelos engomados, alisados para trás, olhos de lince, nariz de gavião, descansa a mão grande abraçando a coxa nua sob um vestido curto.

— Você vai ficar direitinha, minha filha?

— Vou, pai.

— Fazer tudo que o mustache mandar? Tudo mesmo?

— Tudinho, pai.

— Virei sempre te ver e pegar o dinheiro.

— Tudo bem.

Frente aos dois, três garrafas de cerveja, vazias, dois copos vazados.

Levantam-se.

A gorda, de sandálias de enfiar o dedão, vestido vermelho apertado no corpo, mostrando os joelhos e as varizes roxas, olha.

A menina cabisbaixa, vestido em estampas amarelas sobre vermelho, cavado, peitos empinados, quase a saltar, pontudos, verdoengos. Cabelos negros aos borbotões sobre a nudez dos ombros escondem seus quinze anos.

O pai puxa-a contra o peito forte; bem mais alto, quase a suspende do chão.

Beija lascivamente sua boca rosada num toque de língua sedenta, via-se. Desce a destra pelas costas magras, espreme rude aquela bundinha redonda, infante.

Demoram-se. O homem vira-se, sai apressado, cabeça baixa, mãos nos bolsos, sem olhar pra trás.

Jogo de Ronda

Boemia

> *Oh mulher, garça mansa,*
> *resto orvalhado de nuvem!...*
>
> VINÍCIUS DE MORAIS

Mãe. Em cada língua uma palavra para o mesmo nome. Palavras diferentes não as fazem diferentes. Todas são iguais, são mães.

Dona Lidovina e o dia encurtado pelas costuras. A listras dos panos baralhavam suas vistas usadas. Cansada, carregada de dores, espreguiçou-se.

Muita gente passara por sua barriga.

Beto saíra para as andanças – moço é sempre amante da lua ou do que ela clareia. De dia, pregava os solados dos sapatos, colocava as fivelas dos loros, as argolinhas dos peitorais; chegaria tarde, ela sabia, varado de fome. Mãe é assim, sabe de tudo, quando não, adivinha.

O caldeirão, daqueles bem grandes, de cozer feijão, colorido de fuligem, deitava-se sempre sobre a chapa morna com a barriga cheia de mexido, sobras da janta, esperando a madrugada. A tampa, ajeitada assim meio de lado, tal um alçapão para não abafar a comida. Mãe é assim mesmo.

Ele, "o bom" dos bordéis, o de cima e o de baixo, a cidade não comportava mais. No de cima Lourdes no outro Marina; as duas, vez por outra, engalfinhavam-se pelo cheiro de cerveja de Beto. "Deixem de besteira, meninas, dou de sobra, pra todas", sentenciava nas pendengas.

Todos os boêmios, irmãos sem reservas, sem ciúmes. Elas às vezes guardavam os fins de noites para quem levasse o seu dinheiro realmente suado.

Noite daquelas demoradas, três cervejas em cada casa, uma despedida em cada cama.

Lua nova, infinidade de estrelas arregaladas vigiavam seus passos, espiavam-no, ciumentas. Cintilavam. Piscavam, mas, ele nem olhava. Preferia o chão vermelho, chão de menino que sempre lhe coloriu os joelhos nas disputas de bilocas, em qualquer espaço, uma "casa", uma "fuba".

O sereno acompanhou-o, umedeceu seus cabelos enquanto o céu tingia-se de um vermelho-sangue.

A porta antiga rangeu comprida, raspando o assoalho da sala. Tossiu de leve, arrumou a garganta cuidadosa, desfez-se do xadrez da camisa.

A cozinha clareou-se da cor da aurora, a lâmpada, só, pendia vermelha. A mãe revirou-se na cama, tossiu também leve; elas têm destas coisas. A tampa do caldeirãozão parecia dançar, como se quisesse saltar!

Esfregou os olhos ardentes. Um passo atrás! "Diabo", pensou. Deu de arrepiar-se, mas não era assombrado; num safanão levantou o bailado da tampa, assustando um pequeno gambá pelejando pelas beiradas gordurentas.

Sogrinha

*A liberdade que a vida nega
e a alma precisa?
Sei que me invade.*

FERNANDO PESSOA

A casinha de adobes cabia todo mundo. Enfurnada na beira de uma grota d'água perene, caiada de branco, rabiscada de chuvas de pedra, escondia Rosemar e sua Rosa, sua "boniteza" nos momentos íntimos.

A candeia, única, vigiava a cozinha, destemperada para a frente, "vutando" bolas de fogo de azeite fervente, como estrelas cadentes na limpidez dos céus de antanho.

Comida amanhecida requentada, arroz, feijão e abóbora batida, mostrava o cheiro da rapa estorricada. Café da hora, moído a pilão fumegava no bule azul de florzinhas vermelhas esperando o soprado na xícara quente.

"Traz aí, Zica, a palha de fogo pra eu ver a cara da minha teteza."

O fogo clareava os cabelos desgrenhados, lumientos de toucinho cozido no feijão, os olhos remelentos, lambendo um sorriso frouxo.

Assim as madrugadas despertas pelo seu galo carijó. Às vezes, coravam-se de rosa, aquele rosa longe, de um meio descorado de vermelho, riscadas ou não de nesgas de nuvens escuras.

Fim de maio embrulhado pelo frio desembrulhado, a colheita de feijão cobrava a hora, touceira a touceira puxadas da terra fofa e poeirenta, antes do sol para que as vagens não se arrebentassem ao arranque. Embandeiradas, em leiras, carregadas, amontoadas num terreiro limpo e sob a calma dos meios-dias, surradas a varas verdes na busca do abençoado grão.

Rosa, mãe de dois filhos, conformara-se. A princípio estranhava. Dona Felícia e Rosemar buscavam sempre um jeitinho de ficar a sós em casa, quando não de saírem à cata de frutas pelos cerrados ou beiras de mato, beiras de córregos às pescadas. Gabirobas, mangabas, bacuparis, araticuns etc. Cada a seu tempo, nem sabia de tantas frutas. "Coitada", ruminava, se enviuvara cedo, " bem que, como mãe, vivendo aqui, merece, isso afinal não arranca pedaços! nem deixa rastros".

Dona Felícia, pernas grossas, cabeludas, olhos espertos de cadela no cio. Baixota, meio quadrada de corpo, os peitos grandes empinados, como se a cada inspiração quisessem pular do porta-seios e espiar os pecados do mundo. Amamentara três, Rosa, Augusto, que morava com um tio, e Zica, misto de irmã e serviçal na casa de Rosa. O marido se estrebuchara breve na ponta da faca de Zelão, por ela mesmo. Ciumeira dele num pagode. Ela dançava, aos seus olhos, muito colada ao encrenqueiro, foi tomar satisfação, deu no que deu, tripas esparramadas pelo chão.

Naquela tarde domingueira, fazia calor, não era tempo, mas fazia. Na capina do quintal, Rosemar deu com um punhado de minhocas, das boas, beirando uma moita de bananeira.

Ajeitou as varas, anzóis de piau e de bagre, não ligava muito pra tubaranas, mais ariscas. Zica ombreava os petrechos, as minhocas teimavam, não gostavam de terra parca.

Ribeirão do Sapé, água limpa. Timburés gatunos mamavam, puxavam, levavam. Passou a vau numa rasura. As três, do outro lado. Rosa, de barriga meio grande, fisgara um chorão. Os filhos, um de dois, uma de quatro anos, rodeados de mosquitinhos, lambendo um catarro teimoso de um defluxo já maduro, dependurados na barra de seu vestido.

Enfim, Rosemar:

— Peguei! Vem, piauzão! Oi, butelo! Vem, danado, tomou? Vai roubar isca lá nos infernos, bicho!... E aí, minha sogra, fisgou alguma coisa?

— Nada, acho que só timburé vem no meu anzol.

— Pula pra cá!

— Vou esperar mais um pouco, também a Rosa está doida pra ir embora.

Os mosquitos e seu incômodo. Os meninos e a mãe, aos tapas nas orelhas avermelhadas, o pai e a avó fumavam, espantando um pouco os maruins. Entardecia, mais atacavam, paciência, chegava a hora dos bagres. Rosemar fisgou o primeiro.

— Dona Felícia, pula pra cá, aí a senhora não vai pegar nada!

— Não quero molhar as pernas.

— Logo acolá embaixo tem uma pinguela. Vem!

Rosa sentou-se no tronco velho de um jatobá tombado pelo vento, as raízes apontavam o céu, acusando-o pela tempestade que o deitara. "Já passei da hora de ir embora", resmungou. Dor no pé da barriga, mosquitada zumbindo onde não devia, impacientava-se a não mais se agüentar e Rosemar insistia:

— Dona Felícia, vem!

— Mãe, desce logo até a pinguela e vai lá. A senhora não manjou não...?

Castidade

> *Mulher é um jogo difícil de acertar*
> *e o homem como um bobo*
> *não se cansa de jogar.*
>
> ISMAEL SILVA / NILTON BASTOS

A mesa de vidro desvelava toda a sensualidade de um par de pernas monumentais.

Aquelas formas gêmeas zonzeavam a cabeça de Ernestino, talvez torneadas por um descuido do destino nalguma noite de paixão. Morenas, tintas de sol, não se sabia bem se pelo tom das meias. Dobravam-se nos joelhos redondos. Desciam, em colunatas meio caídas de lado, até os pés bem cuidados, metidos numas sandálias de tiras vermelhas e de saltos à meia altura. Subiam cerca de um palmo bem medido, mergulhando sob uma saia rosa, justa, deixando, de entremeio, um triângulo de sombra indagadora.

O amplo escritório tinha até mini-copa. Poltronas em couro convidavam. Mas o padrinho, meio pai, um setentão meio bojudo, tratava com funcionários de mesa no meio. Sério, carrancudo mesmo, não era dado a conquistas. Mas um pouco permissivo com a filha do seu compadre mais chegado, colega de bancos escolares. Falavam sobre os demais, quem paquerava quem e quem não paquerava. Marilda, um sem-número de colegas cantava, uns sutis, outros desajeitados, ridículos.

Moça inteligente, lida, zombava da vacuidade dos pretendentes. Queria mais, queria cabeça, dizia. Gerente de vendas, sobrava-lhe sempre tempo pra se esmerar. Ernestino comentava, objetivando sempre um jogo, não explícito, de influência sobre a moça. Também, meio pai, instava-a sempre aos estudos. Quem lê cresce, falava. Queria a afilhada-filha acima das iguais, não sabia porque, mas queria. Talvez quisesse vê-la da sua altura, mas tinha medo; quando ela se mostrava muito versada em qualquer assunto, fugia, meio que um jogo de gato e rato.

Os negócios iam bem, a empresa faturava. Ernestino gostava, e mais, quando trazidos por quem. Sempre um certo receio. A menina parecia demorar-se mais de que o necessário, não a retinha, mas parecia que algo dele o fizesse. De qualquer modo, era bom vê-la, principalmente se de saias ajustadas.

Um dia, ela perguntou:

— O senhor acha muito curto meu vestido?

— Pra quem tem as pernas bonitas, não.

Um sorriso frouxo.

— É, minhas colegas parecem não gostar muito.

— Como assim?

— Acho que porque alguns professores ficam lambendo minhas pernas com os olhos. Sento-me na frente e parecem dar aulas só para mim, também não sou lá das muito boas de notas, deve ser algum ciúme bobo.

Conversas desse tom, freqüentes.

A qualquer dá-cá-toma-lá, numa falha dos assuntos qualquer:

— E as pernas bonitas e os professores?

— Ah, o senhor sabe, a mesma coisa, tem um então que...

— Que o quê?

— Ah, não sei, me deixa até sem jeito.

— E ele está coberto de razões.

Aquele etéreo sorriso frouxo.

O pai-padrinho, homem de fibra, sustentava-se como podia. Honestidade decantada, todos o respeitavam, tratavam-no a certa distância, um bastião de fidelidade e respeito, ninguém pensava nada de torto sobre ele. Pai da casa, justo, porém benévolo. Conhecia bem das fragilidades humanas. Lido, culto, sabia que o tempo esborcina o senso de responsabilidade do homem, sustentava-se como podia do cimo de sua fortaleza de isopor. Gostava de cabelos femininos encaracolados, bem-arranjados, escorrentes, desses que varrem o dorso. Embevecia-se ante a beleza de tufos revoltos, negros, passando pelos ruivos até os louros. Detestava mulheres de cabelos, como diziam antigamente, *a la homme.*

Naquele dia, não deu, os cabelos da afilhada-filha estavam lindos, caíam anelados em ondeios fascinantes. Abria sempre a porta às damas; antes de destravá-la, desceu a mão carinhosa sobre aqueles tufos, puxou levemente, por detrás, um punhado, não precisava daquilo, mas Marilda desgovernou a cabeça para trás, semicerrando os olhos entreabrindo a boca rosada numa atitude lasciva. Ernestino acudiu-se a tempo, "o que é isto?", perguntou-se, "entrega?" Destravou a porta, ela saiu, no maior respeito, cumprimentando gentil a secretária no canto da sala de espera.

Meio aturdido, Ernestino restou a se perguntar: "Fui longe? Será possível que me abre as portas assim? Onde eu fico?"

Rolaram dias, rolou tempo, rolaram conversas, atitudes, desejos recônditos em cabeças explícitas, Ernestino adorava o jogo de gato e rato.

Funcionárias, funcionários, freguesas irrequietas, vendedores impertinentes, dispensados da entrada, logo na amostragem, mas não dispensava pessoas inteligentes, tinha seus interlocutores de demora, aquelas pernas, então, apesar do medo, sempre bem-vindas, a falarem de Trotski, Proust, Engels, Spinoza e até assuntos do dia-a-dia. Às vezes, notava-se certa fuga da parte dele; sentada, deixava o torneado das pernas, como sempre, de certo modo, à mostra cuidadosa. Passou a dar seus relatórios de pé, à direita da escrivaninha, quase que ao alcance das mãos do padrinho-pai, se quisesse.

Ele, mil vezes ensaiou, recuava, aturdido.

Nunca mais dispensou o gesto da porta. Cada vez mais, aquela boca entreaberta, úmida, lambida, parecia oferecer-se num sorriso desmanchado sob os olhos pestanejantes num fremir de cílios negros e alongados.

Não! Sua fortaleza era inexpugnável.

Dentro dele, a imagem do compadre confidente confiava.

Ricocheteava pelas paredes aquela conversa: "Ernestino, só com você deixo Marilda trabalhar, ela é muito bobinha, nada conhece das maldades do mundo. Cuide dela como se sua filha".

"Bobinha?! Comporta-se qual venenosa cascavel salivando sua presa antes de a engolir. Infernal sedutora, deve ser a própria sombra do demo, certamente nasceu sob o signo da pomba-gira", monologou.

Um dia, arriscou, quase mordendo o que disse:

— Pernas assim fazem coçar minhas mãos.

Um riso cristalino qual cascata de diamantes espatifando-se no vidro da mesa, nas paredes polidas e no chão de granito, ferindo seus ouvidos estupefatos. Sentiu-a encher-se de vida, tanta, que se derramou, inundando todo o escritório. Alegria estranha exalou dela, como a de uma noiva no vestíbulo da catedral de seus sonhos.

À porta, desfez-se naquele gesto estonteante, como sempre. Só podia, muito bem, saber o que fazia.

Cada dia mais ao alcance de suas mãos aquelas toras de sensualidade.

Naquele dia, sua cabeça rodou, enquanto fazia um gesto safado de coçar as mãos, ela ciciou:

— Pode pegar.

Um pode de poder e não poder, ao mesmo tempo, um pode de eu quero, de eu desejo, um pode pegar esquisito, como o cicio de cascavel. Ela achegou-se até esbarrar nas pontas de seu tremor.

Não deu: ele abarcou aquele mundo com as duas mãos famintas como um crente fiel na adoração de sua santa preferida, num momento de extrema aflição. Acariciou de leve, qual frade penitente, a imagem do Menino Jesus. Contornou os joelhos redondos, macios, subiu pelas colunas de seda, como se à busca de algum capitel encantado, não se atreveu a tocá-lo. Esparramou-se lívido no espaldar de sua cadeira. Ajuntou o rosto com as mãos trementes. Aquela cascata de diamantes esparramou-se novamente na sala, caindo sobre a mesa, rolando pelo granito do chão, inundando deliciosamente seus ouvidos sedentos.

— O que foi? O senhor viu algum bicho?

— Não sei, talvez o bicho diabo.

— Bobagem, não doeu e nem saiu pedaço.

— Doeu e demais!

Riu de novo o mesmo riso, ficando onde estava, naquela oferta impudica.

— Me desculpe.... Vamos.... Juro jamais ousar.

Enquanto falava, acusava-se: "Sou um indivíduo abjeto, como posso violentar tanta pureza e graça sem nenhum respeito?"

Naquele dia não teve o cerimonial da porta, mas um desajeitado até logo.

Ernestino não dormiu, enrolou o lençol de tanto rolar na cama, seus preceitos de honra lacerados, esmigalhados pela insensatez de sua inconseqüência. Com sua lascívia enlameara uma vestal oferecida a algum deus de algum Olimpo distante. Imaginava alguém corrompendo sua filhinha que dormia no quarto ao lado, sonhando sua festa de quinze anos.

Soa, impertinente, o telefone.

— Alô!

— Ernestino! É o Acácio.

— Sim! o que aconteceu?

— Escuta, quatro e meia e a Marilda não chegou ainda, ela sempre chega cedo. O namorado disse que foi pegá-la na porta da escola, ela não apareceu, ele foi pra casa.

— É bom avisar logo a polícia! Daqui a um pouco passo por aí.

Acácio amanhecido, pijama frouxo, cabeleira gordurenta, desgrenhada.

— E a menina?!

— Nada!

O silêncio dominou o desalento, olhos inquisidores, duvidosos.

Acácio quebrou-o:

— O que foi feito de nossa menina, Jurema?

— ?!.

Jogo de Ronda

Ernestino estremeceu. "Será que tenho culpa? será que a pobre da menina desorientou-se e se matou? Fugiu? E se deixou alguma carta me acusando? A estas horas posso estar frito".

Vizinhas solidárias murmuravam rezas, desfiavam terços.

O pai extremoso, fixo ao telefone, evitava conversas, a cada chamada, dispensava: "Por favor, estou esperando ligação importante, me desculpe".

Quinze horas da tarde ensolarada de domingo.

— Sim, seu delegado... Onde?... Motel Mon Bijou? Sim já estamos indo.

Sobre uma cama desfeita, ela, uma rosa chamuscada, aberta, na testa branca, desvestida, cabelos coloridos de sangue, olhos vidrados no teto rosa; o mulato Lilico, um motorista da empresa, também nu, caído ao pé da cama, duas marcas de bala no meio do peito.

Noivado

> *Asa, asa, asa, asa*
> *o vento entra pela casa*
> *pedra de sono na cama*
> *sonho no fundo do leito*
>
> CAETANO VELOSO

Virgilino, bom na viola, bom no arreio, bom na enxada. Alma recheada de solidão. Maria Rosa partira, deixando em seu colo Pedrinho, molhado, enrugado, entregue pela parteira na pressa do socorro a quem partia. Só saiu dali montado no cavalo de pau feito de cabo de vassoura. Era a lembrança viva-morta. Moleque de todo, serelepe e risonho. Do cavalo de pau montou o rosilho passarinheiro. Ajudava na lida, já usava chapéu; se pitava, escondido.

A viola esquecida, na parede indiferente, à espera do esquecimento da juriti que se derreteu no ar, desceu à terra.

O ponteio num desajeito do tempo feriu os ouvidos de Pedrinho:

— Uai pai, pensei que o senhor nem soubesse mais tocar.
— Ainda sei, eu não dava era conta de pegar nela de novo.
— Como é?
— Quando sua mãe morreu, prometi nunca mais tocar, ela gostava muito.

Pedrinho calou enquanto o coração de Virgilino continuava a lhe soprar no ouvido que Ritinha, que nem o diabo, também gostava de viola, afinal, que mulher não gosta? Desde o pagode na casa do Zé Martinzim a diaba não lhe deixava sossegado. No coração, empurrava para um canto a sombra de Maria Rosa, diáfana e distante, de olhos cerrados, entregue à morte.

Ritinha, moça-diaba, mexia debaixo da roupa que nem cobra. Morena lascada, beiços grossos, cabelo enroscado, enroscando suas idéias, lhe acenava do oco da viola pedindo um ponteio.

"Maria Rosa, perdão, tudo que cantei, tudo que jurei, foi de verdade, será que você entende?" Esta, a cantiga de roda na cabeça de Virgilino, rodava e rodava, de noite e de dia.

Mas, agora, se saía no pastoreio o capim verde era mais verde, a flor vermelha mais vermelha.

A festa de São Sebastião do Patrimônio do Sapé estava perto, menos de quinze dias. "Por que não aproveitar? Quem sabe dá tempo?", pensou Virgilino, porque, entre ele e Ritinha só umas olhadas de fundura funda, nenhuma conversa. Desconfiado: "Será que ela aceita?" Não era mais menino e a moça, pouco passava dos vinte.

Na casa de dona Nedina, nos finais de semana, café não esfriava. A filha era a festa. Na porta, arreatas bordadas, cavalos virando nos pés ou dando de-bundas. Viúva de muito tempo, respeitada, gorda, mas de saúde minada. A boca, parcialmente despovoada de dentes escuros de mascar fumo; caíam-lhe pelos cantos, às vezes, escuras golfadas do produto desse hábito. Não fazia disso segredo. Gorovinhas abundantes descreviam pelo seu colo sebento os caminhos de sua vida. A gola baixa do vestido de chita, marchetada do mascado, permitia ver o colar de contas de oiro. O franzido da cintura no disfarce da barriga descia em pregas até cobrir as canelas enfeitadas de varizes e escondendo o inchaço.

Ritinha, a filha que restava. Sua caçula, sua pajem, seu consolo, era mãe de doze, entre vivos e mortos. Vó de vinte e poucos netos distantes. As duas, sós em casa. Casa de telhas, rebocada e caiada. De janelas azuis. Tear na sala, em raras pancadas do pente ou matraquear dos pedais. Curral de cerca de corrente, rego d'água na porta.

Numa conversa com Zé Martinzim, Virgilino, pleno de coragem, calçou a cara e falou ao amigo de suas intenções, que, serviçal, prontificou-se a falar com a mãe da moça encorajando-o na empreitada:

— Ora compadre você está novão ainda. Bem de vida, não tem desculpas pra ficar sozinho com esse menino. Sua preta velha pode continuar com vocês, vai ser bom, coragem, homem.

Zé Martinzim, impaciente até a segunda-feira, no aproveito da casa mais vazia. Arreou seu baio e lá se foi levando na garupa o pedido do amigo.

Depois do café com biscoito frito, sacou do artifício de fogo, acendeu o pito de palha amaciada no canivete "roge", raspou a garganta e sapecou:

— Oi, dona Nedina, venho aqui atendendo a um pedido do meu compadre Virgilino, mas estou meio sem graça de falar, da senhora não me entender.

— Desembucha, seu Zé, pode falar o que for, dependendo de mim, vou entender. A gente depois de certa idade entende de um tudo nesse mundo.

— Bem, se é assim. Olhe, o meu compadre mandou pedir a senhora em casamento.

— Me pedir em casamento?! Mas o que ele quer comigo? Velha, doente, será o que deu na cabeça dele, homem de Deus?

— Eu acho que ele cansou de ficar sozinho e pra não trair a falecida, uma pessoa como a senhora, de todo respeito, vai ser boa companhia, ainda mais que tem um menino que precisa de ser educado. Também, a senhora não está assim tão ruim, não.

— Até que vocês têm razão nesse ponto, não sei não, mas pode falar que eu topo, que seja tudo pelo amor de Deus.

Seus olhos escuros, afundados brilharam estranhamente, soltaram chispas. Passou a mão pelos cabelos assaranhados, ajeitou-os, cuidadosa.

Mais café e mais biscoito frito. O baio na sombra da figueira num canto do curral, dava de-orelhas, dava de-rabo, de-pernas, espantando a mutuqueira enjoada. Zé Martinzim alçou-se ao seu lombo entre os cumprimentos de felicidades aos noivos. A montaria respondeu à altura as esporadas nas costelas. Vadeou apressado a cabeceira do buritizal, mãe da vereda de onde saía o rego d'água, serventia feliz da noiva. Um bando de araras barulhentas assustou o silêncio vésper.

O mensageiro gargalhava desbragado competindo com as curicacas estrumeiras aproveitadoras do malhadoiro daquele alto.

Virgilino recebeu a notícia num largo sorriso. A viola no peito gemeu inda mais sonorosa, descansando-a:

— Compadre, vou pedir segredo dessa nossa conversa. Uns dias antes esparramo a notícia, agora acho que não é hora.

— De acordo, compadre, acho que você está certo.

As cordas da viola entardeceram mais tesas e mais chorosas, como se pedindo perdão a Maria Rosa que olhava triste e desbotada de um retrato na parede.

Na manhã chuvosa de domingo uma semana antes do previsto casamento, arreou seu alazão, jogou por cima o pelego vermelho da cor do pecado. Chapéu de abas largas e sem quebradas. Capa Ideal estendida nas costas. Trinta e oito na cintura e Ritinha na idéia. Os olhos faiscando:

— Bom dia, Ritinha.

— Bom dia, seu Virgilino, vamos apear.

Ele apeou mais maneiro de que nunca. Como pluma. Estendeu a Ideal sobre o arreio. O cabo do cabresto, numa laçada, no moirão da cerca do curral.

— Como está dona Nedina?

— Como Deus é servido, vamos entrando, ela já vem.

Virou as costas e se encaminhou para a cozinha deixando um certo desaponto.

Pra pensar melhor, tirou o pedaço de fumo do bolso, começou picar, no gesto automático de todos os pitadores.

Na primeira tragada, passos de chinelo no corredor. Ansioso pelo cheiro da menina, linda e respeitosa.

— Bom dia, seu Virgilino — meio corpo aparecendo, antes de entrar de toda.

— Bom dia, dona Nedina, como está a senhora?

— Até bem e muito feliz apesar das cadeiras doloridas e as pernas sempre doendo, acho que é das veias rebentadas.

— Não há de ser nada, isso é só coisa da idade.

— Ah, isso lá é — meio contrafeita.

— Na chegada andei reparando, o pastão das vacas de leite, está bem sujo.

— É, bem que estou vendo, mas só o senhor mesmo pra dar um jeito, coitada de mim.

— É, pra uma mulher sozinha fica difícil.

— É, mas agora tudo acertado, vamos ajeitar tudo.

Ritinha e o indefectível café e biscoitos fritos. Dobrou-se, reverente, na oferenda. Os olhos de Virgilino varreram sedentos aquele colo rosado deixando antever o começo dos peitos, cutucando a blusa leve. Meio que tropeçou na xícara. Servido, ficou reparando as pernas grossas, um pouco peludas e batatudas de tanta andança por aqueles cerrados.

Conversa vai, conversa vem, até que o noivo entrou no assunto:

— Dona Nedina, fiquei muito satisfeito da senhora ter concordado com o pedido feito pelo compadre Zé Martinzim.

— No começo, fiquei meio desentendida, mas depois, entendi.

— É natural, é natural.

— Bem, mas como a coisa vai ser no próximo sábado, temos alguns acertos. Daqui ao patrimônio não é muito longe. A gente saindo cedinho dá pra voltar e almoçar aqui.

— É, mas eu não ando a cavalo e de carro de boi, com tamanha volta na ponte do Sapé, é ir num dia e voltar no outro.

— Eu sei. Bem, mas a senhora não tem tanta precisão de ir.

— Não?! Ué..., mas a noiva não sou eu?

— ?!

A Potranca

É o afrodísdico leito do hetairismo
a antecâmara lúbrica do abismo.

AUGUSTO DOS ANJOS

Chuvarada, o mundo se esboroava.

Ribombos estalados passeavam sobre o assoalho do céu. Fazia-se escuro o dia. Da janela, via-se um e outro, pela enxurrada, a saltos maiores que as pernas. As sombrinhas não davam. Jornal, saco plástico, tudo servia.

Salviana entra respingando.

— Sente-se, por favor.

Não se fez de rogada.

— Obrigada, doutor, ainda bem que o aguaceiro vai me dar mais tempo de conversa, tenho muito o que contar.

Ajeitei-me na cadeira, recostei-me, respirei fundo. Conhecia bem da matéria.

— Pois não, o que houve?

— Ih! Doutor, tanta coisa que nem sei por onde começar.

— Tudo bem, deixe que eu começo pra senhora. Quantos filhos?

— Cinco.

— Já?! com vinte e oito? Assim a senhora vai longe!

— Não! já sou desligada.

— Ah, bem, desmaiou alguma vez?

— Não, nunca, mas quase. Uma coisa que me aturde é a cabeça ruim, é como um arrocho, há momentos que aqui atrás, acima da nuca, parece ajuntar... Apontava.

— Sim, a cabeça dói?

— Pergunte se ela pára de doer, doutor, é noite e dia, principalmente nas vésperas, aí que a coisa dana. Aqui, ó, nas frontes, parece que vai estourar. Lateja como um pormão querendo furar, aí vem a vomitação que quase me vira do avesso, só passa quando ferro no sono, comprimidos não adiantam, é tomar e lançar. Dormir também, quase nada. Meu marido é desses, um gordão, ronca demais, aí que não durmo mesmo e ainda por cima não combinamos muito, é cheio de esquisitices. A gente é assim, doutor, depois que se casa é que vê o erro. Conselhos de pai, de mãe, não valem nada. Hoje, vejo os que podiam ter sido meu marido numa boa. Mas eu era doida por um gordinho, deu no que deu.

Convenci-a à mesa de exames. Pressão normal. Ausculta. Movimentos dos olhos. Enfim, nada importante. Às batidas do martelo nos joelhos, tremeu-se toda, assim como um chocalho de cascavel acuada, quase caiu da mesa.

— Que coisa horrorosa, doutor, dá uma coisa esquisita na gente!

— A senhora chuta bem.

Examinei e examinei, até alguma cena fiz. Pessoas assim gostam.

Sentamo-nos.

Uma chicotada de luz e uma trovoada daquelas!

Pulou na cadeira, levando as mãos à boca.

— Nossa! Que susto! O senhor parece que não se assustou.

— Não, não posso.

— Bem, e então, doutor?

— São dois remédios. Os dois pra melhorar o ânimo e o sono, e para acabar com a dor de cabeça. Os dois na hora de dormir.

— E o meu marido?

— Seu marido? Como assim?

— Pras esquisitices dele, não tem remédio? Já disse, ele é todo esquisito. Já conversei com algumas amigas mais chegadas, disseram que nunca ouviram falar de coisa igual. Pra começar, como eu disse, ele ronca demais...

— Mas quase todo mundo ronca, principalmente os gordos.

— É, mas não é só isso.

— Mais o quê?

— É que fico envergonhada.

— Nós, médicos, estamos acostumados a coisas esquisitas, pode falar.

O dia era mesmo de trovoadas. Ninguém mais se aventurara até o consultório. A curiosidade me cutucava depois de tanta conversa. Os vidros da janela tremiam a cada trovão.

A mulher parecia procurar algo pelo chão, pelas paredes. Algum ouvido desavisado?

— É o seguinte, doutor, meu marido gosta muito de sexo.

— Sim, quase todo o mundo gosta.

— Mas o jeito dele é diferente.

— Sim?

— Bem, nós temos um escritório um pouco longe de casa.

— Sim.

— Pois é, nos dias dele, fins de semana ou mesmo tardão das noites ele me chama: "vamos lá?" Aí, vou, não vou e vira aquela coisa, é melhor eu concordar logo. A gente chega assim meio disfarçados, ele tranca a porta e começamos, do jeito que o senhor sabe, vai daqui, vai dali, até ele tirar minha roupa, ele gosta, ele é que tem de tirar. Aí, me manda ficar de quatro, trotar, relinchar e coicear, imitando uma égua. Ele, atrás, também de quatro, a modo de um cavalo inteiro, aos relinchos, até me alcançar, daí é muito bom!

Cheiro de Velório

> *O lobo habitará com o cordeiro*
> *e o leopardo repousará em paz com o cabrito.*
> *O novilho e o leão comerão juntos*
> *e um menino os conduzirá*
>
> ISAÍAS 11: 6-9

Domingueiro meio-dia. Calma escaldante, embaçada, fora de tempo, a bem dizer, como céu de agosto ou setembro.

Dever e prazer visitar os pais.

Um certo desânimo calorento, lá, inda mais quente. Fazenda Salobro. O lugar e cercanias formam uma bacia como uma cratera de vulcão extinto; se tal fosse, justificaria o calor? Acontece que mais parece um leito de mar de um passado muito longe, pois a água é meio salgada, daí o nome,

Salobro. Tanto assim que me recordo de um local chamado Barreiro, onde gado e caças – estas, quando existiam – lambiam o chão salgado. Ponto de espera. Ainda mais, no córrego bagrento, onde um retiro hoje, quando menino, catava mariscos aos montes. Os do lugar chamavam-nos madrepérola. Perto do rego d'água, pisavam-se caranguejos, avermelhados na sua raiva, quando acontecia. As tesouras imensas grudavam pés desavisados, pois quase todos andavam descalçados. Ninguém comia nem um petisco destes, coitado de quem falasse, maluco, nojento ou um pouco mais.

Quando vou, tenho de levar algo para mitigar a sede, pois da água, quanto mais se bebe mais se quer beber. A cada copo, a sede dobra. Preferi, então, nesse domingo, uma melancia.

Saímos. Sol terrível. Comentávamos: "E antes do ar condicionado, ou quem não o tem nos carros? Ainda mais quando se tem de andar com os vidros levantados?"

Um caminhão de melancias, verdes, rajadas; as partidas, lindas, cor de cereja. Talvez até por aqueles papelinhos espertos, realçantes, colocados à guisa de evitar as moscas.

– Não, aqui não, vamos naquele caminhão daquele dia. A melancia de lá estava uma delícia.

– Tudo bem – concordei.

Duas vendedoras. Cada parecia haver engolido uma inteira. Gordas e suarentas sob a cobertura de lona improvisada. Pelo jeito, uma devia ser a mãe.

Atenderam solícitas.

— Se estão boas? Estão ótimas. Posso partir uma para se ver e provar.

Minha mulher desceu. Escolheu uma.

— Ah! Vou levar mais uma! A lá de casa já está no fim mesmo.

Uma no chão do carro, outra sobre o banco traseiro. Porta dianteira escancarada, convidativa, quase tocando o caminhão vendedor. O local nem calçada tinha. Um meio descampado começo de capinzal. Esquina de um *shopping* sopitando de gente. Ali não era passagem de ninguém.

Olho a melancia sobre o banco, fácil de cair a qualquer freada.

Minha mulher pagava, nem viu quando um cavalheiro, aí além dos trinta e cinco, apoiou uma das mãos sobre o banco do passageiro e na outra um trinta e oito de cor metálica, o cano parecia meio sextavado. Aquilo balançava nervosamente, como se balança algo do homem que acabou de urinar.

— Caralho! Caralho! Vamos! Vamos!

Não acreditei! Aquele sujeito me apontava bem de perto, quase me tocando as costelas, aquela coisa?! Ocorreu-me: "Não é possível! Este camarada não vai me dar um tiro, mas não vai mesmo. Parece mais um gerente de banco. Barbeado, penteado. Não tive tempo de sentir se cheirava perfume (será que cheirava morte?). Ele não é um assaltante! Não tem nada escrito na testa! Assaltante tem de ter cara, ou pelo menos cheiro! Da sua mão pode sair a morte? Não é possível!"

O bom senso ponderou-me: "Melhor não arriscar". Opresso pelo calor, pelo cinto de segurança e pela situação, arrisquei:

— É pra eu sair ou ficar?

— Sai, porra! Sai, porra!

Em coro, outra voz à minha esquerda destravava a porta.

— Porra! Caralho! Sai! Sai!...

Destravei o cinto, parece que a mão de alguém me ajudou, ou talvez mesmo o carro não me quisesse ali estatelado no asfalto fumegante. Levantei-me. De fora, lembrei-me da minha indefectível bengala. Verguei o corpo para dentro do carro:

— Vou só pegar minha bengala.

O da esquerda sentou-se ao volante. Bateram as portas.

— Esta porra tem alarme?

— Não, pneus novos e tanque cheio.

Uns olhos coléricos.

O carro largou como na largada de uma corrida de Fórmula Um.

Eu, no meio da rua, cheirando velório.

Cabeleireira

O tolo aprende à própria custa
e só abre os olhos depois do fato.

HOMERO

A fazenda amanhecera cedo.

Quatro horas da manhã, o matraquear da madrugada. Aquelas vertentes vizinhas recebiam e faziam eco da barulheira qual metralhadora de pau. O engenho de madeira e sua engrenagem esquisita, como dentes falhados. As moendas mordendo a cana esfriada pelo sereno. Os roliços colmos maduros, espremendo-se loucamente entre elas, chorando a garapa e sua doçura que, da biquinha, se despejava nas tachas ferventes. Duas juntas preguiçosas de bois baios andavam de roda, amassando quilômetros de poeira, puxando a balança, estirando os cambões.

Gritos abafados, cantos singelos, sapecavam-se no fogaréu das fornalhas. Fogo insolente, de olhos vermelhos, lambia devorando coivaras miúdas e troncos enegrecidos, corando-os com suas garras infernais.

A aurora coloriu-se no momento da puxa. Um barrado cor de ouro desenhava-se lento no rumo do Morro Feio.

A cuia de água fria. O melado fervente. O cheiro doce. Dedos apressados ajuntando a pouca consistência cor de âmbar. Bocas gulosas, coloridas de fome, pobres de dentes, no cuidado da língua fugindo das dores.

Cochos repletos de massa espumante cediam porções a um bujão de cobre encimando labaredas do poiá. Por cima, um chapéu estranho como um cogumelo de cobre. Do bico de lado, escorria, transparente, o espírito da cana. Fluido etéreo de cheiro de morte, de tiro na testa e de faca no peito. Desgraça de casais. Desprezo de amantes. Vida de sarjetas. Tempero de raizadas nos milagres das curas.

Negrinhos magricelas, "chapas" no chão, apressados, espantando os bocejos. O medo nos olhos aboticados ante reprimendas do patrão exigente. Calças arregaçadas em dobras ajeitadas enforcando os meios das canelas finas, facilitando as passadas das barras folgadas.

Pela manhã, meninada sonolenta na beira do curral.

— O apojo da Bananinha é meu — gritava um.

— O da Jeitosa é meu — gritava outro.

Havia mais vaca que menino, mas nem tanta vaca preta. Todo o mundo queria a espuma gorda das vacas pretas.

Os copos chegavam transbordantes de espuma corada, de café ou de conhaque com açúcar.

Biscoitos fritos aqueciam os acocorados no rabo da fornalha da cozinha. Tempo de frio. Tempo de moer cana, depois da colheita do feijão.

Fazenda Macaxeira. A pinga era boa. O creme de leite, de primeira. Queijo, requeijão, farinha de mandioca, polvilho. Sem falar no milho e no arroz. Paiol cheio. Tulhas cheias. Monjolo para o banho de calabouço e limpar arroz e café do Zé da Zabelona.

* * *

Dia de escola não era. Tempo de férias. Meninada às soltas para as suas.

Dona Sinhá, a patroa, não deixava nada passar. Serviçais piavam fino. Joana, era devagar. Gordota. Bunduda e um "lerê" de enfeite no pescoço grosso lhe entortava um pouco o semblante. Seu vestido, todos os dias, parecia o mesmo. Mas não, andava limpa, o pano e o modelo, repetiam-se incansáveis. Fala, meio espremida. Parece que gente meio boba é assim mesmo. O cabelo, aquela gaforina que água enjeita, não entra fácil.

Depois do almoço, a lufa-lufa arranjava-se na preguiça do meio-dia.

O carro de bois, lento, ia calado e voltava gemente pelo caminho do canavial.

Alguns, montados a cavalo, sumiam pelas pastagens.

Outros, a pé, ombreavam machados e foices no rumo da matinha.

As fruteiras sustentavam o peso e o ataque dos meninos. Laranjas, mexericas, antes do banho no córrego. Naquele dia, Dag e suas traquinagens não se descolavam de Joana.

— Deixe, sua boba, deixe!?

— De jeito maneira.

— Deixe, sua burra, corto melhor de que a Nigrinha.

— Não, não e não.

— Você é taquara mesmo, bem que todo o mundo fala.

Dona Sinhá não gostava de menino com tesoura nas mãos. O corte, então, tinha de ser lá atrás do chiqueiro, na sombra do pé de jaca. Dag foi lá. Entre as lascas da cerca, um caco de garrafa verde, dos bem grandes. Pensou: "Do jeito que isto corta pé, corta cabelo." Deixou-o ali, como estava. Voltou à carga. Não era de desanimar. Aí pelos seus onze. Magrinha. Não parava. Sempre à cata de alguma coisa.

— Joana, você já reparou na sua feiúra com esse cabelão?
— Não acho.
— Pois está! O Zequinha nem vai olhar pro seu lado.
— Eu namoro ele.
— Mas não adianta, deste jeito!?
— Você não dá conta disso.
— Quer ver? Quer ver? Vamos ali debaixo do pé de jaca que eu lhe mostro.
— Então vamos.
— Eu vou e depois você vai. Você vai sair só depois que eu sumir detrás do chiqueiro, entendeu?
— Entendi.

Dag vitoriosa, saiu saltitante sobre a finura das pernas, arranhadas de "vassoura", quase voando. As mãozinhas dependuradas assim como as de um louva-a-deus. Descalçada, nas pontas dos pés. Pegou seu caco de reflexos verdes na cerca e sumiu.

Joana e seu andadão, balançando a bunda como um naco de gelatina.

Havia sob a jaqueira um velho eixo de carro de bois.

Sentou-se a vítima.

A cabeleireira passou na roupa a mão desocupada, depois a outra.

Jogo de Ronda

Ajeitou os ombros, olhou de frente, olhou de lado, aquela coisa. Decidiu-se. Começou passando o corte verde na carapinha preta, eriçada. Tentava capinar aquilo, de leve. Não saía nada. Forçou. Quase nada, pequenas redondelas em molas de binga.

Um escorregão.

— Ai! Que é isto?

— Nada não, uma esbarradinha só.

Dentro em pouco, mais outra.

— Ai! Você está me cortando!

— Quieta, não é nada, não é nada.

A vítima gemia, choramingava. A mão catarrenta amealhava molinhas de cabelo nas costas gordas numa lagoa de visgo e lágrimas.

— Joana! Joana! Onde está você, mulher? — O grito de dona Sinhá que detestava esperas.

A matunga nem se cuidou, levantou-se apressada. Passando as mãos pela nuca dolorida, desesperou-se no trote desengonçado ante a sangueira vermelha.

A patroa ao vê-la quase à degola, remoeu entre os dentes de piraí trançado a punho.

Ah!... já sei... já sei, agora é comigo.

O Redivivo

Eu mesmo preparo o chá para os fantasmas.
MÁRIO QUINTANA

Uma poça de sangue talhado, seu travesseiro insólito.

A cabeleira abundante, a meio corte, grudada, adornava a cabeça escornada sobre o cinza do plástico enrugado e indiferente. A tez clara, empalidecida pela sangria conferia àquele rosto bem feito, inda jovem, o céreo tom daqueles a se despedirem deste mundo. A camisa branca, em listras azuis escorrentes, enfeitada no peito esquerdo por um cravo vermelho que se desfolhava tímido. Um cheiro acre, de sangue sapecado, passeava pela claridade da sala branca.

— Doutor, foi suicídio! Salva ele, doutor!

O pavor do irmão acudiu-me apressado. Parecia mais branco que o moribundo.

Radiografado, via-se, no tórax, um projétil na parte inferior do pulmão direito, outro, à esquerda, atrás do coração.

No crânio, estilhaços esparramados desde o osso temporal direito, desenhando uma cauda de cometa até a parte posterior alta da cabeça; à esquerda, onde falhava, óssea, uma estrela de mil pontas, o cérebro espichava uma língua esmigalhada e sangrante.

Ajeitado sobre a mesa cirúrgica, nada podia fazer, nada da vida, nada da morte. A jubada cabeleira espatifou-se no ladrilho. O ágape, pronto a ser servido.

Higienização e proteção do que restara, o objetivo da cirurgia. Após a toalete proposta, susteve-se o comatoso no seu aposento de hospital-hotel, sob a guarda temerosa do irmão; a UTI não era nascida.

Dias de coma, de soro, de antibióticos e incertezas. Vez por outra, movia-se desconexo em atadas arremetidas.

Naquela aprilina manhã o quarto exalava brancura. Tudo branco, da persiana à cama. Marcelo Fonseca, lavado, cheirento de talco, a bandagem de crepe sobre a cabeça arremedava um gorro de nadador. O lençol dobrado sobre o peito e sob os braços estendidos, atados aos gradis da cama.

De um deles, a mordida pontuda de uma agulha firmada por esparadrapo, atada a um frasco de soro.

O irmão, na brancura da hora, cedeu-nos a vez. Eu e a enfermeira, esbanjávamos uma juventude carismática. Nós dois e o mesmo branco, muito branco. À nossa entrância, o ex-morto-vivo alvinitente descerra o azul dos olhos, sua debilidade convicta fala:

— Graças a Deus! Graças a Deus estou vivo!
— "Vivinho da Silva" e bom demais.
— É... mas noutra vida, eu sei.
— Como noutra, Marcelão!?
— Porque eu sei que morri!
— Morreu como, se você está falando comigo?

A juventude da enfermeira sorria benevolência. O conjunto, por inteiro, transpirava encantamento.

Marcelo suspirou cansaço.

— Não sou bobo, doutor, sei que estou num hospital do espaço, sei de tudo, lembro de tudo. Dei dois tiros no peito e dois na cabeça. Sou espírita, pode me contar que morri, estou preparado... graças a Deus!

— Companheiro! Você está é de cá mesmo. Espere, vou chamar seu irmão.

— O Herval?!

— Parece-me que se chama Adonias.

Jogo de Ronda

— Não, é o Herval, nem o conheci, coitado. Levou uma surra de chicote do meu pai, bebeu veneno, eu tinha meus cinco anos. Então ele já está liberto, graças a Deus, deve ter passado por onde passei.

— E por onde você passou?

— Doutor, na verdade, nem sei, só sei que foi maravilhoso. De repente, foi como se eu me desprendesse como um elástico, do começo da vida até os tiros. Passei por toda a minha vida como um relâmpago. Vi tudo, até o dia em que nasci! Só que não consigo me lembrar de nada. Achei estranho! Procurei me situar. Senti como se fosse redondo, solto no escuro e no silêncio total. Tive a maior emoção que possa existir. É como já li nos livros do Chico Xavier, o *Umbral*!? Fiquei intrigado, e o meu guia? Meu pensamento era muito claro. Agradeci a Hercília, minha querida noiva, a perdoei. Pedi a Deus, pra ela, um marido melhor de que eu. Eu boiava que nem um papo-de-anjo na ponta de uma linha, o vento me balançava. Continuei redondo e uma certa claridade me mostrava deitado sobre uma mesa, dentro de uma casinha. Pensei: " Agora sou dois?! Ou morri mesmo e estou, ainda, grudado pelo peri-espírito?" Não sei por quanto tempo fiquei ali, balançando com o vento e me vendo deitado. Passou... passou e parece que aquele fio me engoliu e eu dormi, mas meu sono era riscado por uns raios azuis, como relâmpagos, e meu pensamento parecia derreter, eu todo derretia, até que me esqueci de mim. Agora o senhor aparece tentando me acordar pro mundo espiritual, repito, estou preparado!

Ele sorria um sorriso mortiço, lívido. Desfocado, fitava o etéreo, compondo uma cena de embevecimento felliniano. Envolvi-me, de certo modo, nesse momento, vi-me o espantalho da morte.

Abri a porta e chamei:
— Adonias!

O embranquecido entrou estupefato. Abraçaram-se ternamente, um abraço demorado e soluçante deste nosso mundo mundano.

Em breves dias andava. Recuperou-se por Higéia e Panacéia, que o arrancaram das mãos de Plutão.

* * *

Cerca de um ano após, fui solicitado à minha porta por um policial, num domingo de frango com macarrão meio engasgado.

Um soldado em farda de serviço, conjunto cáqui, quarenta e cinco meio penso à cintura direita com a ponta do coldre atado à perna por uma correinha, sob um capacete luzidio aguardava-me.

— Oi, doutor!

— Você, Marcelo!?

— Eu mesmo, doutor, em carne e osso.

— Mas e essa farda, esse revólver!?

— Tudo de verdade, sentei praça.

— Como? Você fez exames médicos!?

— Tudo direitinho, como manda o figurino.

Retirou o capacete, colocou as pontas dos dedos onde deixei os buracos e deu uma tossidazinha.

— Por que isto?

— Por que eu ponho os dedos assim?

— É...

— Porque quando eu tusso, onde a bala entrou e saiu estufa e me dá uma gastura esquisita, então eu tampo.

— Você contou lá na Polícia a sua estória?

— Nada disto.

— Mas você tinha de ter falado.

— Se eu tivesse falado, meu projeto iria pro brejo.

— Projeto? Que projeto?

— Eu quero conhecer a vida do brasileiro.

— Vida do brasileiro!? Como assim?

— Ora, vida do brasileiro!

— Ah! sei.

* * *

A secretária, em meio à azáfama vésper do consultório, avisa que um soldado me aguardava e que eu sabia quem era Marcelo. Deixei-o para o final, queria ouvir bem sua história.

A mesma farda, o quarenta e cinco de correinha atado à perna e os tiques de firmar os furos da bala. Loquaz, começou da ponta seu relato. Possuía uma indústria caseira no barracão onde, como eremita, vivia. Os negócios iam bem. Fim de ano, dinheiro no bolso, véspera de Natal, a cidade da noiva. Arranjou-se na pensão, vestiu-se a contento e na sua casa ela não estava. Avisara por telegrama de sua ida. Sentou-se. A arrumação para os festejos quase não lhe deixava com quem conversar, todos pareciam esquivos.

Ela chegou tarde. Estava linda. O vestido de seda caía-lhe num desenho sensual pelas ondulantes ancas arredondadas. Notou: sem aliança!? Abalou-se sobremaneira. Cumprimentou-o, simplesmente, como a um conhecido qualquer.

Inquietou-se.

Ela pediu licença e entrou levando seu desaponto.

Meio desajeitado, sua conversa esfarrapava-se em meio aos desajuntados parentes dela. Havia um desacerto. Ela mostrou-se, mais linda e mais cheirosa, a encarnação de todos os seus sonhos. Saia rodada, plissada. Blusa escondendo o decote da chegada, sem aliança.

À queima roupa:

— E a nossa aliança?

— Quero mesmo falar com você antes da missa.

Enquanto falava, despejou-a sobre a incredulidade da sua mendiga mão.

— Não estou entendendo, não a pedi, perguntei, somente.

— Há alguns dias tirei-a, não vai dar.

— O que? Então você não gosta mais de mim? Não quer mais nada comigo?!

— Tinha e tenho por você amizade, nada mais além disso, gostar, na verdade, não. Por isso achei melhor acabar logo com esse noivado sem futuro.

— Vim pensando em marcar hoje nosso casamento, aproveitando o Natal, que coisa mais esquisita, não posso entender, de uma hora pra outra, assim?!

— É, é assim mesmo, não vai dar não.

— Tudo bem, nada mais a falar.

— Vai a missa com a gente? Está na hora.

— Posso? Não vou atrapalhar nada?

— Claro. E se você quiser, venha cear aqui com a gente, será um prazer.

— Vamos ver... vamos ver.

Sentou-se ao seu lado. Ela rezava contrita. Véu diáfano ressaltava o negrume de seus cabelos. Cabisbaixa.

Internamente ele ria daquela encenação. Imaginava multidão de seres do outro mundo em paramentos dourados fazendo parte, enquanto outros milhares de brincalhões mofavam de tudo em garatujas simiescas. Enxergava um outro mundo fantasmagórico de dentro de sua crença. Acudiu-lhe, de repente, talvez, imagina, por algum zombeteiro, qual um azucrim, pronto a atear fogo à sua desdita: ruminou, acariciando a coronha do seu Chimite trinta e dois niquelado, "Vou matá-la!"

Relampejava. Trovoadas surdas derramavam-se como o ruído de manadas chucras sobre o assoalho do céu da meia-noite. "Vai ser agora", engolia enquanto bambeava da cintura a arma empunhada. "Não, mais um pouco, agora não." Talvez fosse bom misturar-se a um trovão, um relâmpago de níquel, um tiro e a ingratidão morta a seus pés!

Vingança borbulhava dentro dele, cada vez mais fervente. O padre virava-se: *Dominus vobiscum.* Fazia o sinal da cruz, todo o mundo respondia, benzendo-se, o que ele não entendia: *et cum spiritu tui,* de novo de costas. "Se ela não me quer, quem não presta sou eu!", estalou na sua cabeça, "Então quem deve morrer sou eu! A coitada não tem nada com isso."

A aliança, renitente, pesava seu dedo, a do bolso, queimava, embornou-as juntas, do lado do peito.

Jogo de Ronda

Levantou-se cuidadoso. Fez também um sinal da cruz desconjuntado, sem saber por quê. Cabisbaixo, saiu em reverência. Atrás de si um canto dolente. A igreja cantava. Ele chorava. O mundo ria. Não sabia se tanta lágrima ou tanta chuva lhe toldavam os olhos perdidos. Ébrio de paixão, cambaleava. Tropeçava na escuridão das pedras escuras que luziam, teimosas, aos relâmpagos. Casas cheias de música, músicas alegres cutucando seu desespero. Casas cheias de luz de bolinhas coloridas. Gente cheia de festa passava, ele também passava, não sabia pra onde. Deu numa rua comprida, desandou. Uma casa silente, vazia de colorido e cheia de gente, quatro velas postadas velando um esquife pobre, vestido de roxo. Aproximou-se. Respingou a soleira. Uma noiva! Sim, paramentada como se à frente do Padre. A expressão pura mostrava-se num sorriso desmanchado, serena, em paz consigo mesma, através do véu negro que vigiava seu rosto cândido. Só e sua funérea caixa. As mãos entrelaçadas prendiam um terço e um buquê de rosas vermelhas sobre o peito calado, sem dizer sim, sem dizer não.

Em paga à ébria visita, um café quente, fumegando cheiro.

Perambulou até a cantoria dos galos. Parou diante de uma porta azul entreaberta. Por cima de um letreiro, um como que prato esmaltado invertido segurando uma lâmpada a emitir mil raios como farpas a lhe ferir os olhos aguados.

Leu: Pensão Felicidade. "É aqui mesmo".

* * *

Saldou seus débitos. Vendeu as máquinas, antes, entregou os pedidos e guardou a matéria-prima restante. O aluguel, pagou adiantado sob o protesto da senhoria.

Fabricava colchões. O suicídio rodeando sua cabeça. Pedia perdão e ajuda ao seu guia na sua prece contínua, acertaria com ele depois, pagaria até o último ceitil do débito hediondo. Siderado pela idéia, nada mais entrava na sua mente trancada a ferro. Falava o necessário. Comia o necessário. Do sono cuidava um remédio do farmacêutico da esquina.

Gostava das sextas-feiras, não sabia por quê. Os preparativos terminaram. Dose dupla do comprimidinho vermelho. Despertou-se às dez. "Vai ser hoje, se passar, vou acabar perdendo a coragem". Ajeitou-se como para uma saída com a namorada, camisa nova, em xadrez azul. Perfumado. O trinta e dois niquelado dormia descuidado sobre a mesinha de cabeceira, de empunhadura oferecida. Pegou-o. Destravou o tambor, rodou-o. Todas as cápsulas mostraram seu cúpreo fundo lumiento. Colou-o ao rosto como em colóquio libidinoso, o cano, gélido como a morte. Puxou o cão. Horripilou-se aos estalidos semi-mudos de armar. O coração disparou num galope macabro. O cano ensurdeceu-lhe o ouvido direito. Suarento, pensou: "Getúlio Vargas morreu com um tiro no peito, vai ser assim". Palpou as batidas rebeldes. Com o polegar, puxou o gatilho. Um choque esquisito sacudiu-o. Esperou, nada. "Será que não tem bala?" mastigou. Mirou a parede inocente. Cacos de reboco voaram pelo quarto assustado. "Agora vai", o cão, o gatilho... de novo!... nada! Palpou o peito, minava um sangue quente. Bateram à porta:

— O que foi aí, Marcelo?

— Nada não. Estava limpando o revólver e ele disparou.

— Três vezes!?

— É, dei uma de besta.

Um apressado tiro torto no ouvido. Nada! Só o mesmo calor de sangue passeando pelo pescoço.

— Se você não abrir, vamos arrebentar essa porta.

O desespero da gritaria o aturdiu, roubou-lhe o tempo de pensar.

A mira ardeu-lhe o buraco da orelha, bem dentro, mais uma vez! "Foi como quem coloca uma garrafa numa torneira e ela vai se enchendo, um r-r-r-r-rrp! E pronto, acordei naquele dia no hospital".

* * *

Um manojo de papel mimeografado encaixado numa pasta surrada sob o braço triunfante, Marcelo. Um amigo seu havia "encadernado" seu livro. Havia mais de ano, o soldo de cabo reformado, pouca coisa, mas ajudava bem. Saíra de internamento no Hospital Psiquiátrico Adauto Botelho. Sofrera muito por lá, contou. Jamais fora doido, mas do quartel encaminharam-no direto. Quem mandava naquela coisa não era médico, mas um veado sacana que espalhou entre os internos que ele também o era, daí a doidaiada não lhe dava descanso, isto só porque ele não aceitou suas propostas indecentes.

Deixou comigo o "livro". As páginas, surradas, algumas soltando da presilha da pasta, desfazendo-se. Na última, um retrato seu, muito colorido, de terno, como se de batom e ruge.

Dessa obra, lembra-me pouca coisa. Algumas palavras curiosas, a esmo, às vezes sem nexo. Erros de toda a sorte como soía ser; começava assim:

"O Brasil é um imenço país. Possuio grandes Prezidentes Juscelino Kubicheque, Getulho Vargas etc. O rio Amazonas é o maior rio do mundo, sua floresta maior ainda. Possui grandes filosofos o maior deles que escreveu sobre a filosofia da vida, falou que filosofia da vida é um sincicio plasmodial sineretico.

O nome dele é Olecram Acesnof, não sei se o perspicaz leitor descobriu quem é ele. Pois por modestia escreveo seu nome invertido.

O direito canonico ensina que todo home é filho de Deus e toda mulher deve escolher um e ter seus filhos conforme Sua lei............"

Folheei-o. Peguei frases esparsas, mas não tive tempo e nem a pachorra de compulsá-lo de ponta a ponta. O que guardou, num recanto, a mente, expus.

* * *

E este mundo continuou rodando, matando uns, criando outros. Todo o mundo faz falta, mas ninguém faz. Quem morre deixa um passageiro buraco de onde sai. Parece a todos estar vivo, ali, um pouco mais além, é como se fôssemos vê-lo, atrás de uma curva das horas. A pouco e pouco, vai ficando longe. Cada vez mais distante. De repente, é como um retrato na parede, descolorido pelos olhares indiferentes, indefine-se, esborcela-se e, mais um pouco, se desprende, solta-se do prego e cai na vala dos esquecimentos.

E o mundo, nas suas voltas, soterrou muita gente, criou muita gente e entre muitos, Marcelo, um clone de Cristo. Alourado, cabelos varrendo os ombros fortes. Olhos muito azuis, brilhantes, sagazes. Barba a contento, como se a semelhança buscasse. Sorriso perene, plácido como um lago morto.

— Oi doutor.

— Marcelo, o que isto?! Você sumiu!

— É, quem é vivo sempre aparece, não é?

— É, mas e esta linha?

Vestia-se em azul, calça e camisa, limpo e cheiroso. Sob o braço esquerdo, uma Bíblia, pendendo da destra a mala de roupas.

— Meu trabalho agora, doutor, é na estrada de ferro.

— Trabalho? Que trabalho?

— Prego Cristo aos desavisados. Fico de vagão em vagão ensinando a palavra de Deus. Nas paradas, falo nas estações. Conforme, fico numa e noutra cidade pelo tempo que o Senhor quiser.

— Você agora é crente?

— Não, prego a palavra do Salvador e a palavra Dele não tem crença. Não necessito de nada, as pessoas me doam o suficiente para eu comer e vestir.

* * *

Marcelo passou por mim como nuvem errante. Ensinou-me, sem dúvida. A vida, este aprendizado constante, devíamos começá-la de trás para a frente; nascermos na sabedoria e morrermos na inocência. Restou na minha cabeça a imagem crística de Marcelo. Talvez a PALAVRA tenha lhe dado o equilíbrio. Soube, depois de tempo vasto, de sua ajustada vida de casado, pai de filhos, responsável e ordenado.

Talvez devamos adotar a sua filosofia de vida: simplesmente um *sincício plasmodial sinerético*.

Sobre o Autor

Orlando Martins Arruda nasceu em Caldas Novas (GO), no dia 1º de setembro de 1930. Formou-se médico pela Faculdade de Ciências Médicas da Universidade Católica de Minas Gerais, em 1959. Especializou-se em neurocirurgia, tendo sido o pioneiro nesta área no Estado de Goiás.

Jogo de Ronda é o seu primeiro livro publicado, no qual nos transmite toda sua rica experiência de vida, tanto pessoal quanto profissional. No livro podemos entrever o menino criado na roça, apreciador das coisas simples e belas do cerrado, e o médico competente, observador perspicaz, atento às sutilezas e profundidades dos sentimentos que movem o ser humano.

Orlando faleceu em Goiânia, em 3 de junho de 2000.

Jogo de Ronda é o primeiro volume da nova coleção da Ateliê Editorial, "Cantos e Contos". Essa coleção se propõe a trazer ao público leitor autores novos, de todos os cantos do País, nos revelando seu falar e colorido local.

Orlando Arruda abre a coleção, cumprindo plenamente esta proposta, que é mostrar a singeleza do ser humano, despido de qualquer caráter folclórico, mas com a presença forte da paisagem.

Título	Jogo de Ronda
Autor	Orlando Arruda
Projeto Gráfico	Ricardo Assis
Capa	Ricardo Assis
Ilustração da Capa	Marcelo Cipis
Revisão	Gil Perini
Divulgação	Paul González
Formato	14 x 18 cm
Tipologia	Lapidary
Papel	Pólen Rustic Areia 75 g (miolo)
	Cartão Supremo Super 6 (capa)
Fotolito	MacinColor
Impressão e Acabamento	Lis Gráfica
Número de Páginas	202
Tiragem	1500